ALICE 2630

ALICE 2630

Expérience humaine

Armelle Rancillac

CloniTech

CloniTech

6ème Edition Octobre 2024

© Armelle Rancillac, 2013

Tous droits réservés

http://www.AlicE-2630.fr

Couverture : Synapse © michelangelus – Fotolia.com

ISBN : 978-2-7466-6450-0

Sur l'auteur

Armelle Rancillac, née en 1975 à Clamart, est diplômée des universités d'Orsay (Paris XI) et de Pierre et Marie Curie (Paris VI). Titulaire d'un doctorat en neurobiologie, d'une HDR et d'un poste de chercheur Inserm au Collège de France, elle est l'auteur d'une trentaine d'articles scientifiques publiés dans des revues internationales à comité de lecture. Attirée par l'exercice d'un nouveau genre, elle se lance ici dans son premier roman.

« Il est hélas devenu évident aujourd'hui que notre technologie a dépassé notre humanité. »

Albert Einstein

1

Le Centre Universel de Planification

— Le CUP —

Libre et légère, l'apesanteur me berce doucement. J'écoute ma respiration, les yeux clos. L'insouciance du moment se voudrait éternelle. Dans le silence de ma sphère de relaxation, je savoure enfin la douce satisfaction de m'être immobilisée. Quelle détente ! Je devrais venir au centre plus souvent. J'y retrouve mon harmonie intérieure.

En fin de séance, les parois de ma sphère se teintent progressivement de bleu. De fines billes vertes fluorescentes de champagne sont lentement propulsées dans ma direction. Diffractant la lumière, les bulles de dioxyde de carbone scintillent et s'approchent. Au moment du contact éthylique, je reprends brutalement conscience et m'éveille sous les injonctions de DomO, l'opérateur domotique de mon appartement :

— Bonjour AlicE, il est huit heures. Arrête de rêver et lève-toi. Les informations de ce matin sont excellentes. Aujourd'hui, lundi 17 octobre, il fera très beau et chaud pour la saison. Il fait déjà douze degrés et fera vingt-quatre degrés au maximum cet après-midi, soit plus de cinq degrés au-dessus des normales saisonnières. L'été indien va se prolonger encore neuf jours au cours desquels le soleil et la douceur domineront Paris. De plus, concernant les jardins de l'immeuble, le quartier a choisi la composition florale numéro trois, celle pour laquelle tu avais voté. Je te souhaite un bon réveil et une excellente journée.

Les stores de ma chambre s'ouvrent, plein est, laissant percer une lumière déjà éclatante. D'habitude, DomO entrouvre progressivement les stores, pour permettre à la luminosité d'établir un réveil en douceur, en fonction de mes cycles de sommeil. Mais aujourd'hui, il en a apparemment décidé autrement !

— DomO ! C'est quoi ce réveil ? J'ai l'impression de sortir du coma. Qu'est-ce que tu fabriques ?

Je fulmine. Dire que d'habitude je suis d'humeur joviale et pleine d'entrain le matin. La journée commence bien.

— Je suis sincèrement désolé AlicE, mais ton dernier cycle de sommeil paradoxal n'en finissait pas. J'ai improvisé.

— Eh bien, détends-toi la prochaine fois. Je ne suis pas pressée ce matin à ce que je sache ?

— Ta réunion est à neuf heures.

— Eh bien, j'ai le temps !

À trente et un ans, j'ai déjà une situation professionnelle importante au sein du Centre Universel de Planification, le CUP. Beaucoup de responsabilités, qui me laissent toutefois du temps pour une vie privée riche en amitiés sincères. D'un naturel dynamique et attentif, je me suis forgé un réseau social solide et festif. Mais surtout : j'adore Paris ! Chef-d'œuvre architectural, cette ville lumière semble briller d'une aura particulièrement chaleureuse. Les études le prouvent : c'est une des mégapoles où il fait le meilleur vivre.

*
* *

La propulsion hydrosonique de ma douche décolle chaque atome d'impureté de mon corps. Se succèdent ensuite des jets d'eau massants et savonneux à l'abricot. DomO me propose :

— Un nouveau shampoing NanoS$^+$ vient d'être élaboré pour un effet boucles modérées — F$_{14}$, bien entendu en accord avec ta couleur de cheveux vert anis. Souhaites-tu l'essayer ?

J'hésite un moment. D'habitude, j'utilise le NanoS$^+$ — F$_7$. Il sculpte de grosses boucles souples et régulières que j'affectionne particulièrement. Mais l'attrait de la nouveauté me tente :

— D'accord, essayons ce nouveau shampooing, mais j'espère que le résultat sera joli. Le NanoS$^+$ — F$_{40}$ que j'ai essayé la dernière fois n'était vraiment pas terrible. Tu te souviens ? Il était censé sculpter les extrémités de mes mèches en triangles. Le rendu était hideux. Enfin, comme généralement j'aime bien les produits NanoS$^+$, continue à me tenir informée des nouveautés.

Aux jets rinçants succèdent les jets séchants. Complexés à des molécules hydratantes, ils assurent souplesse et douceur optimale de ma peau. J'ai l'impression d'avoir une peau de bébé en sortant de la douche.

Inquiète de l'effet de ce nouveau shampoing, je m'assois devant le miroir. Le rendu capillaire est parfait. La couleur est la même que d'habitude et les boucles moins prononcées qu'avant allongent mes cheveux d'au moins cinq centimètres. Mon dégradé s'adapte parfaitement à cette nouvelle ondulation. Sans l'ombre d'une hésitation, je lance à DomO :

— J'accepte ce nouveau shampoing. J'utiliserai un F_{14} par défaut à partir d'aujourd'hui. Merci !

Comme chaque matin, mon dressing me propose une tenue vestimentaire en parfaite adéquation avec la météo et mon emploi du temps : un tailleur souple et léger, en femto-fibres carbosynthétiques de couleur gris anthracite. Il est rapidement enfilé et approuvé.

En guise de petit-déjeuner, je me sers un verre de MatinPluS. D'habitude, je me contente d'un jus de fruit. Mais ce matin, j'ai besoin de prendre des forces ! Je prends un expresso et une viennoiserie, un chausson à la grenade. D'ailleurs, un second jus d'orange ne serait pas de refus. Mais avec le martelage des recommandations en matière de santé sur les oligo-éléments et les vitamines, je ne m'y risquerai pas. « Il faut boire un grand verre et un seul de MatinPluS chaque matin ! » Chacun s'y applique scrupuleusement, dès son plus jeune âge.

Je suis chargée de mission au CUP. Cet organisme planétaire gère l'économie, la santé, l'énergie, l'éducation, l'urbanisation et le logement pour tous, depuis l'unification de toutes les nations en 2258.

Les bouleversements profonds de notre civilisation furent initiés par Génération contrôle, une entreprise privée de biotechnologie, spécialisée dans la procréation médicalement assistée ainsi que dans la contraception. Elle réussit à convaincre de nombreuses nations à prôner une politique malthusienne de restriction démographique. Ses solutions concrètes et efficaces s'imposèrent aux dirigeants d'une planète aux vingt milliards d'individus. Grâce au développement de contraceptifs mixtes à très longue durée d'efficacité ainsi qu'à la mise en place de bloquants du développement embryonnaire, incorporés à certains produits de consommation courante, la population mondiale passait sous la barre des cinq milliards en moins de cent cinquante ans. Parallèlement, la pollution due aux pesticides alimentaires, aux composants chimiques des emballages plastiques ainsi qu'aux différentes émissions de gaz à effet de serre créèrent un nouveau problème, celui de l'infertilité. Dès les années 2200, Génération contrôle mit alors au point des utérus artificiels permettant l'ectogenèse, la gestation en dehors du corps humain. Elle développa également la production de spermatozoïdes et d'ovules *in vitro*, à partir de cellules sanguines prélevées chez les futurs parents par une simple prise de sang. Progressivement, il est devenu impensable de concevoir un enfant, sans faire appel aux services de Génération contrôle.

La brutale chute démographique de la planète s'accompagna de l'apprentissage systématique de l'anglais, dès le plus jeune âge. Cette langue commune permit une meilleure communication entre les peuples et une harmonisation progressive des cultures, dont les différences étaient sources de conflits. En 2240, passant sous la barre des trois milliards de terriens, Génération contrôle développa de nouveaux pôles d'activités tels que la production d'énergie par la fusion nucléaire et l'éducation différenciée. En créant des logiciels d'intelligence artificielle, chaque élève put dès lors bénéficier d'une éducation personnalisée dotée d'une pédagogie sur mesure, adaptée à son rythme d'apprentissage. C'est à ce moment que Génération contrôle changea de nom pour le Centre universel de planification. Détrônant progressivement le pouvoir des états, il permit l'abolition des frontières en 2258. Dès lors, le CUP étendit encore davantage ses domaines d'activités.

C'est ainsi qu'aujourd'hui, en 2661, le CUP définit le plan de vie de chaque individu, depuis sa naissance jusqu'à sa mort. Chaque nourrisson est élevé par un unique parent, un père ou une mère, à temps plein pendant les cinq premiers mois de sa vie, afin de créer le lien parent-enfant. Ensuite, le petit enfant suit un enseignement collectif jusqu'à ses dix ans, auquel succède un enseignement individualisé et personnalisé, à son rythme, jusqu'à ses seize ans. Un bilan scolaire et un test de psycho motivation cérébrale sont alors réalisés par le CUP, lequel analyse les performances et capacités de chacun. En fonction des résultats scolaires et des nécessités du monde du travail, le CUP propose dix cursus possibles, que l'élève doit classer par ordre de préférence. Le CUP valide alors l'un des trois premiers choix du jeune et détermine même fréquemment le poste qu'il pourra occuper à l'issue de sa formation, même si le temps qu'il mettra à acquérir les connaissances nécessaires à ses futures fonctions reste indéterminé. L'élève déménagera à ses vingt et un ans de chez son parent pour loger dans son propre logement, attribué en fonction de son cursus scolaire.

Tous les logements sont conçus pour accueillir au moins deux personnes, chaque occupant disposant systématiquement d'une chambre individuelle. Le CUP attribue les colocations en fonction des affinités, établies à partir du mode de fonctionnement cérébral et du patrimoine génétique de chacun.

En effet, des configurations cérébrales similaires favorisent la résonance neuronale lors des interactions, ce qui améliore significativement la communication. Il est donc essentiel d'assurer une compatibilité cérébrale pour optimiser la qualité des échanges entre colocataires. Ainsi, les caractéristiques de chaque individu sont évaluées en imagerie fonctionnelle par résonance d'ondes acoustiques 3D, permettant d'analyser l'architecture de ses réseaux neuronaux, ainsi que leur cinétique d'activation.

Par ailleurs, d'un point de vue génétique, certaines similitudes entre les gènes renforcent les attirances naturelles. C'est ce qui explique, par exemple, pourquoi des frères et sœurs ayant grandi séparément, sans connaître leur lien de parenté, ont de fortes chances de se plaire mutuellement s'ils se rencontrent. À l'inverse, la complémentarité d'autres gènes, notamment ceux impliqués dans la réponse immunitaire (comme pour le complexe majeur d'histocompatibilité), ainsi que ceux codant pour les phéromones, jouent aussi un rôle clé dans l'attirance et l'appréciation interindividuelle. Cette complémentarité des gènes permettrait d'optimiser le système immunitaire des enfants potentiellement issu d'un rapprochement, les rendant plus résistants aux maladies. Ainsi, l'analyse combinée de nombreux paramètres biométriques permet de maximiser la compatibilité entre colocataires. Dans les années 2610, ces données ne garantissaient pas encore un taux de satisfaction de 100 %. Mais aujourd'hui, cinquante ans plus tard, et à l'exception de rares demandes de dérogation, les choix du CUP sont désormais largement appréciés.

Concernant les demandes d'enfant, chacun peut entre ses trente et soixante-dix ans, effectuer au maximum deux demandes. Les psychostatisticiens avaient prévu une baisse des demandes, il y a environ deux cents ans. C'était grandement sous-estimer la part de l'instinct animal qu'il y a en chacun de nous, qui nous pousse à assurer la survie de l'espèce. De nos jours, 95 % de la population demande au moins une fois un enfant et 68 % effectue même une seconde demande. Les demandes provenant de femmes sont aussi nombreuses que celles provenant des hommes, mais sont formulées une dizaine d'années plus tôt, vers quarante ans en moyenne. Malheureusement, pour assurer un contrôle démographique, les secondes demandes sont le plus souvent refusées. C'est notamment pour cette raison que le système de colocation a été mis en place, afin de pouvoir partager et participer, sur demande exclusivement, à l'éducation d'un enfant, sans pour autant en être le représentant légal, qui est toujours unique.

En fonction des besoins de la société et des demandes individuellles, le CUP programme les naissances au centre de procréation Baby generation en tenant compte de la préférence indiquée pour une fille ou un garçon. Les demandes étant équivalentes pour les deux sexes, les souhaits des demandeurs sont très fréquemment respectés. Un an après l'acceptation de la demande d'enfant, un nouveau-né est généré au centre et le demandeur va l'y accueillir.

Baby generation peut également convoquer des individus, indépendamment de tout projet de procréation afin de récupérer leurs gamètes pour les banques, ou pour tester de nouvelles modifications génétiques. Grâce à ces manipulations, il a été possible de développer des Hommes Génétiquement Modifiés (HGM), dont l'espérance de vie est désormais d'environs cent vingt-huit ans, avec une excellente qualité de vie jusqu'à cent ans. Au-delà, une fatigue générale et des difficultés de concentration commencent néanmoins à être ressenties. Le CUP ralentit donc le rythme des journées pour les centenaires, leur proposant davantage de vacances ou de repos, puis les reloge, vers cent vingt ans, dans des bâtiments adaptés à l'accompagnement de fin de vie. Chacun peut alors continuer à vivre sa vie comme il l'entend, en poursuivant son activité professionnelle, en prenant de plus en plus de vacances, ou encore en décidant d'y mettre fin.

Enfin, le CUP propose annuellement différentes destinations de vacances. C'est dans ce service que je travaille, pour des formats de dix jours de vacances, alors que les autres formules sont généralement plus courtes. Je coordonne une jeune équipe de cinq personnes, moi y compris, et ce matin à neuf heures, je vais exposer les objectifs de la semaine, qui m'ont été fixés par M. XalieR Fupon, mon supérieur hiérarchique.

Chaque vendredi midi, il m'adresse le planning organisationnel de la semaine suivante, et j'ai jusqu'au vendredi soir pour lui rendre le bilan de la semaine écoulée. Je m'entends très bien avec XalieR. C'est un homme de quatre-vingt-un ans, très efficace et consciencieux dans son travail, qui a atteint le niveau très prestigieux de Direction.2. S'il continue son ascension à ce rythme, il devrait finir sa carrière au niveau Direction.1 : le plus haut grade du CUP ! J'aimerais tant grimper les échelons comme il y parvient, mais je ne suis encore qu'au niveau Direction.7, soit toujours au niveau auquel j'ai débuté au CUP, il y a six ans. Il serait peut-être nécessaire que je suive une formation de « renforcement de carrière ».

*
* *

Mon bureau se situe à dix minutes à pied de chez moi. J'y parviens donc rapidement et monte au onzième étage. À la sortie de l'ascenseur, je m'arrête au distributeur et prends comme à mon habitude un cappuccino. Les plantes murales de mon bureau déploient aujourd'hui de ravissantes fleurs argentées photophores. Sur mon bureau, une grande table tactile ovale, trois dossiers s'affichent, ainsi que le rappel de la réunion de service hebdomadaire. Je n'ai pas envie d'y aller. Je me sens profondément contrariée, et n'en trouve pas la raison, ce qui en est d'autant plus irritant. Le réveil abrupt par DomO me semble être un motif un peu trop léger pour être à lui seul responsable de ce ressentiment. Je dois me rendre à l'évidence, je n'ai aucun prétexte valable pour ne pas être enthousiaste à l'idée d'aller à cette réunion. Il faut que je change d'attitude, surtout que j'adore mon équipe.

En salle de conférence, tout le monde est déjà là. Il est neuf heures tapantes, la réunion peut commencer.

2

Le projet

Les objectifs de cette semaine sont surprenants. En principe, je dois organiser deux types de séjours différents de dix jours chacun, dont les prestations incluent tout : autorisation de déplacements, transports, restauration, tenues vestimentaires, excursions, divertissements, encadrement des enfants et pack souvenir. Une formule de vacances classique, qui reçoit entre 95 et 100 % de satisfaction. On me qualifie fréquemment de brillante au sein du CUP, car je suis à l'origine de diverses idées extravagantes telles que *Séjour à 20 000 lieues sous les mers* ou encore *Séjour en apesanteur*, pour ne citer que mes préférés. Mais cette semaine s'annonce différente, atypique, voire insaisissable. J'ouvre la réunion un peu confuse, afin de transmettre les objectifs de la semaine à mon équipe :

— Tout d'abord, bravo pour votre travail de la semaine dernière. La synthèse que j'en ai rédigée vendredi a été facile à réaliser. Nous ne devrions pas avoir d'informations complémentaires à fournir. Mais pour cette semaine, il va y avoir du changement. Nous devons mettre au point un prototype de vacances encore inédit de *voyage historique*. Il va falloir mettre en place et organiser des séjours de dix jours en Gaule, à l'époque de Vercingétorix, soit aux alentours de l'an cinquante av. J.-C., où les vacanciers vivront comme à l'époque. Il n'y aura donc pas d'hôtels à réserver, mais un site d'une dizaine d'hectares, vierge et isolé de toute civilisation à trouver, afin d'y prévoir la construction d'un petit village de cent habitants. Il faudra également prévoir comment les restaurer, confectionner des vêtements de l'époque et retrouver les distractions qu'appréciaient les Gaulois. Nous avons tout un environnement, l'univers des années cinquante av. J.-C., à recréer.

Au cours de mon exposé, j'observe l'expression des visages des membres de mon équipe, qui passent de la dubitation à l'incompréhension. SaraH, NicolE, YanN et FlorienT sont stupéfaits. Imperturbable, je poursuis :

— Je dois constituer un dossier rassemblant tous les éléments nécessaires au projet et évaluer les délais de réalisation, le tout pour vendredi. Il faut donc que vous vous répartissiez, à votre guise, quatre responsabilités : terrain et bâtiment, décoration d'intérieur, stylisme et animation. Voici un dossier pour chacun de vous, en fonction de la responsabilité que vous déciderez de prendre, qui contient le descriptif précis des éléments demandés. Y a-t-il des questions ?

L'incrédulité de mon auditoire se cristallise par un long silence. SaraH, la plus téméraire de tous, brise la glace :

— Mais quelle est la finalité d'un tel projet ? Personne

ne choisira cette formule de *voyage historique*. Qui pourrait décider volontairement de vivre dans les conditions d'hygiène de l'époque, dans l'inconfort vestimentaire d'antan et sans climatisation ? Les communications aussi seraient restreintes à la voie postale ?

J'avais bien anticipé cette problématique, qui me hante depuis quarante-huit heures. Voilà la contrariété que je refuse d'affronter. Mais que puis-je faire d'autre que de répondre aux demandes de XalieR ? Ce projet, s'il voit le jour, ne sera jamais un succès et s'évanouira dans les archives du CUP.

— Je comprends votre point de vue, mais vous rappelle que je ne suis pas à l'origine de cette idée. Nous ne pouvons pas contester cette demande, qui par ailleurs a dû préalablement faire l'objet d'une étude de marché. Allez, qui veut prendre en charge la responsabilité des vêtements ?

Sans grande ferveur, mais sans mécontentement non plus, FlorienT accepte finalement de s'occuper de trouver un terrain et de dessiner le projet architectural, YanN de la décoration et de l'agencement intérieur des maisons, SaraH du design et de la confection des vêtements et enfin NicolE s'attachera à trouver des distractions et ateliers qui seront proposés aux villageois. Après avoir passé en revue les diverses autres questions organisationnelles, chacun regagne son bureau. Le projet de *voyage historique* est lancé.

De retour à mon bureau, l'interface cybernétique intégrée à l'intérieur de mon avant-bras gauche, mon i-*Me*, ondule. C'est un message de LucY. Une amie d'enfance jadis ma voisine. Gaie et espiègle, elle venait régulièrement chez moi et nous jouions des heures durant. Nous étions très proches, mais je constate souvent amèrement à présent que l'alchimie n'opère plus. La connivence que nous partagions et l'amitié profonde que nous nourrissions se sont effilochées au fil des années. À présent, je ne décèle chez elle plus que mélancolie et anxiété, qui l'isolent progressivement de son entourage.

J'ouvre son message d'un hochement de tête. Le visage radieux de LucY s'affiche alors en grand au mur de gauche.

« Bonjour AlicE, j'ai une grande nouvelle à t'annoncer : je vais procéder à une réduction mammaire, pour passer d'un bonnet 4 à un bonnet 2, au centre de polarisation cet après-midi. Je suis impatiente de vous présenter le résultat de ma métamorphose ce soir chez PatricE… J'espère que tu viens toujours ! Bises. »

Je suis stupéfaite. Nous avons toutes un bonnet 4 : c'est la mode. Pourquoi se distinguer ? L'harmonie sociale est la clef de notre bien-être individuel. Mais il semblerait que LucY tienne encore à se faire remarquer. Étant très improbable que je parvienne à la raisonner, je n'essayerai même pas ! Le malaise que je ressens est donc double à présent. Qui rechercherait l'aventure avec un *voyage historique* ? Qui pourrait délibérément choisir d'être logé dans une maison de bois, de dormir à même le sol avec un feu pour seul chauffage, sans salle de bain, ni sanitaires, sans satellite ni connexion e-Net et de plus vêtu de vêtements irritants en laine et qui empestent ? Quels profils de personnes pourraient être sélectionnés pour ce type de voyage ? Ce n'est normalement pas à moi de m'en soucier, mais quand même. Je parie que ce projet avortera aussi vite qu'il a vu le jour, et nous aurons travaillé toute une semaine pour rien.

$$* $$
$$*\quad*$$

À midi trente, l'alerte déjeuner m'annonce que l'on m'attend en salle orange, place quarante-deux. À chaque déjeuner, un plan de table différent permet à chacun de prolonger certaines discussions, invite le personnel à rencontrer de nouvelles personnes pour mieux comprendre le fonctionnement de chaque division ou simplement, s'arrange pour placer les gens en fonction de leurs amitiés. Ainsi, chaque midi, une place et une heure de déjeuner me sont assignées dans l'un des trois restaurants du CUP.

Je suis surprise. J'ai rarement le privilège d'être invitée en salle orange, mais l'annonce tombe à pic, car j'ai une faim de loup. À l'avant-dernier étage, cette salle offre une vue splendide sur le centre de Paris. Quel plaisir de manger devant un tel panorama ! La place quarante-deux, malheureusement dos à la fenêtre, est située à l'extrémité d'une table de six personnes, où j'ai la surprise de découvrir toute ma hiérarchie. Je m'assieds donc entre XalieR et son assistant. M. Nector, le directeur du service *Organisation de séjours* est en face de moi, entre son assistante et une femme que je ne connais pas encore.

C'est la deuxième fois seulement que j'ai le privilège de déjeuner avec M. Nector. Ce très respecté septuagénaire, habituellement peu disert, semble pouvoir accéder à tous vos secrets par son seul regard perçant. Il est très déstabilisant et paraît omniscient.

Surprise et quelque peu désemparée, je reste un instant engourdie. Venant à mon secours, XalieR me présente :

— Ah, voici AlicE, ma coordinatrice des séjours de dix jours. Nous travaillons ensemble depuis six ans déjà et j'ai toujours été très satisfait de son travail. Soigné et rigoureux.

D'un petit hochement de tête, je salue la tablée et attends en retour que l'on me présente, en particulier, la femme que je ne connais pas encore. Des boucles blondes, des traits délicats, un nez droit, je la trouve belle et étrangement distante. Mais l'arrivée des plateaux-repas coupe court aux présentations.

Mon repas semble fort appétissant et correspond bien au menu que j'ai choisi vendredi. Des carottes râpées frisées aux perles d'alginate en entrée, de la purée de vitelotte au siphon, un petit mollusque que j'apprécie particulièrement pour sa texture fondante et surtout un magnifique tiramisu pour le dessert.

Des banalités sont abordées au début du déjeuner. M. Nector annonce que sa fille présente des capacités remarquables en modélisation abstraite. Cette brillante jeune femme travaille elle aussi au CUP, au service *Programmation* et fêtera bientôt ses quarante ans. Il semble fier d'elle, sincèrement.

XalieR me demande alors comment le travail a été réparti cette semaine.

Dans un silence aussi soudain qu'inattendu, tous les regards se tournent vers moi, à l'exception, de celui de la mystérieuse inconnue, absorbée par son plateau-repas. Je profite de cette occasion pour faire part de mon appréhension sur le projet :

— À vrai dire, je suis inquiète, car je crains que le projet de *voyage historique* sur lequel nous allons travailler toute cette semaine n'intéresse personne. Je ne comprends vraiment pas l'intérêt que pourrait susciter une telle destination, pour qui que ce soit.

Peu surpris par mon inquiétude, XalieR me répond posément, en se tournant régulièrement vers M. Nector :

— Ne vous inquiétez pas AlicE, ce projet ne verra certainement jamais le jour. Je ne vais pas vous détailler ici et maintenant les raisons et le contexte dans lequel il s'inscrit, c'est trop ennuyeux. Cependant, sachez qu'il est important de le mener à bien, pour la diversité des offres, ou l'illusion des choix. Je viens de terminer un premier bilan de cette année. C'est très positif, les pourcentages de satisfaction concernant les séjours de dix jours sont en nette progression, grâce aux propositions originales et de qualité de ton équipe.

Le rouge me monte aux joues, mes mains deviennent moites. XalieR, d'ordinaire avare de compliments, me sert un discours mielleux et surfait ne lui ressemblant pas. Mon malaise grandi. Devant ces huiles, j'ai l'impression d'être un petit pion perdu au milieu d'une fine partie d'échecs. Comme si nos offres n'étaient pas déjà suffisamment diversifiées ! Voilà donc une excellente nouvelle : je vais travailler et faire travailler toute mon équipe une semaine entière pour rien. Compulsivement, j'attaque mon tiramisu pour calmer ma frustration. Je viens de recevoir des instructions limpides comme de l'eau de roche. Je fournirai donc un projet soigné, dans les temps, mais qui ne sera jamais attribué à personne.

À la fin du déjeuner, M. Nector me serre la main et ajoute :

— Encore une fois, je suis conscient que mon idée de *voyage historique* ne tient pas vraiment la route, mais j'attends de vous tout le sérieux et le professionnalisme dont vous faites régulièrement preuve. Bon après-midi.

Il quitte alors la salle, suivi de la belle inconnue, qui me lance un regard à la dérobée en guise de salut.

*

*   *

Avant de regagner mon bureau, je m'arrête prendre un cappuccino au distributeur. J'y ai l'heureuse surprise d'y trouver le seul et l'unique *smoking hot boy* de l'étage : DenniS.

Depuis l'amélioration du génome humain par le génie génétique, et suite au développement de la technologie subatomique, 95 % de la population mondiale adulte peut se revendiquer comme étant belle, séduisante, jeune et athlétique. En effet, la technologie subatomique révolutionna la qualité de vie, voir les mœurs de chacun, en permettant de modifier à volonté et durablement son physique. Indolore, précise et adaptable en temps réel aux exigences de chacun, cette technologie repose sur l'introduction dans le corps humain de petites particules de Volumod®, *modulatrices de volume.* Par simple ingurgitation, ces particules se répartissent ensuite dans les tissus conjonctifs. Il suffit alors de se placer sous un champ électromagnétique focalisé, au centre.e.m du CUP, pour qu'elles changent de conformation tridimensionnelle, d'où un gonflement ou un affinement du tissu cible en fonction de l'effet désiré. Il est donc extrêmement simple de changer rapidement sa physionomie. À condition bien entendu de mettre immédiatement à jour son i-*Me.*

Je trouve que DenniS cumule des caractéristiques physiques, humoristiques et relationnelles bien au-dessus des standards habituels. Son bureau se trouve au même étage que le mien, mais à l'opposé du bâtiment. Depuis son arrivée, il y a quinze jours, le distributeur de boissons occupe donc une position stratégique, l'unique opportunité d'échanger quelques mots. Je profite de l'occasion pour lui décrire la mystérieuse femme de ce midi, dans l'espoir qu'il puisse l'identifier :

— Ah, tu tombes bien, DenniS. Je sors tout juste d'un déjeuner très étrange avec XalieR, Nector et une femme, qui a tout l'air d'occuper un poste important. Mais on ne me l'a pas présentée. Est-ce qu'elle ne travaillerait pas dans ton service, par hasard ? Elle est discrète, une grande blonde aux yeux dorés, avec des boucles d'oreilles tournoyantes et vêtue d'un tailleur vert métallisé aujourd'hui. Elle est très belle !

— Non, je ne vois pas, désolé. Mais pourquoi ne lui as-tu pas tout simplement demandé qui elle était ?

— Elle était à l'autre bout de la table, et l'occasion ne s'est pas présentée. XalieR et Nector voulaient me mettre la pression à propos du projet de cette semaine. Ce projet est vraiment bizarre. Ils ne m'ont vraiment pas laissé en placer une. Mais tant pis, je demanderai à XalieR. Sinon, tu viens à l'anniversaire de PatricE ce soir ?

— Non, je ne le connais pas.

— Mais tu connais déjà presque tous ceux qui y seront. Viens !

— Comme ça, sans même demander à PatricE ?

— Mais oui, PatricE ne va pas se formaliser, t'inquiète. Ça va être une super soirée…

— Bon, d'accord.

— Je synchronise nos i-*Genda* pour vingt heures trente chez PatricE.

— Extra, j'espère qu'il n'est pas trop tard pour l'i-*Gift*.

— Ça m'étonnerait. À ce soir !

Je fusionne alors mon gobelet pour son recyclage et regagne mon bureau.

Je connais DenniS depuis longtemps, mais pas encore très bien. Nous nous sommes souvent croisés dans le quartier où j'habite, car le CUP attribue les logements en fonction de l'âge, de la formation professionnelle et de la future entreprise d'intégration de chacun. Ainsi, le CUP regroupe les personnes qui seront amenées à travailler ensemble pour favoriser les futures interactions professionnelles.

3

La soirée plasma

Ce lundi après-midi défile à toute vitesse. J'accumule une documentation impressionnante sur les Gaulois de l'an cinquante av. J.-C. et apprends qu'ils pratiquaient l'élevage de porcs, de chèvres, de moutons, de volailles et de bœufs au sein même des villages ! Je réalise qu'il faudrait ajouter un enclos dans l'enceinte de notre village. Les porcs bénéficiaient même souvent d'une semi-liberté, les enclos restant ouverts. Mais les autorités sanitaires interdiraient certainement une aussi grande promiscuité entre animaux et humains. Je dois leur faire parvenir un dossier d'accréditation au plus tôt, d'ailleurs. J'espère qu'eux aussi trouveront ce projet grotesque.

L'intensité lumineuse venant à baisser, je réalise qu'il est déjà dix-neuf heures. Il faut que j'y aille. Je mets rapidement mon bureau en ordre et rentre chez moi.

La marche me détend. J'avance calmement, en appréciant la douceur du temps, malgré les rues grouillantes de piétons. C'est l'heure de pointe. Heureusement que la circulation aéropropulsée est interdite à cette heure-ci. L'accroissement du fourmillement urbain ne permettrait pas d'apprécier le trajet.

Chez moi, l'impatience de retrouver DenniS me gagne. J'enlève rapidement mes vêtements et les jette au vide-linge. Brièvement, je m'imagine à leur place, descendant au sous-sol rejoindre les autres vêtements sales de mes voisins. Je vais être lessivée, repassée et réacheminée à mon dressing, suivant les instructions de ma micropuce. Automatique et rapide, la procédure se répète indéfiniment.

Après une douche relaxante, mon dressing me propose une élégante tenue de soirée. Une robe moulante jusqu'à la taille, prolongée d'amples voilages s'arrêtant au-dessus des genoux. Sa teinte autolux s'ajuste en fonction de l'intensité lumineuse, tout en gardant une dominante bleu de minuit. C'est la première fois que je la porte. Les ressources de mon dressing m'impressionneront toujours. Observant le rendu de la robe sur moi, je constate soudainement avoir oublié de changer de maquillage. Celui que j'utilise en journée est trop fade et sérieux pour la soirée qui s'annonce. Je retourne donc devant le champ.e.m du miroir de la salle de bain, dont le faible rayonnement électromagnétique permet aux électrons des atomes pigmentaires® de mon visage de changer d'orbite. La métamorphose s'opère. Le rouge de mes lèvres s'intensifie. Mon teint passe du clair au mat, estompant mes taches pigmentaires vertes. Le changement le plus frappant est certainement celui de mon regard. L'iris se dilate et passe du vert au bleu ciel, fragmenté par des éclats orangés. Littéralement captivant. J'allais presque oublier la touche finale, quelques paillettes de phéromones aphrodisiaques à parade nocturne, que je dépose sur mon front.

Enfin prête et impatiente d'y aller, j'entends NorandrA claquer la porte d'entrée. C'est ma colocatrice. Je l'avais totalement oubliée. Elle est également invitée chez PatricE ce soir, mais termine généralement de travailler un peu plus tard que moi.

— Bonsoir NorandrA. J'ai donné rendez-vous à DenniS à vingt heures trente chez PatricE et suis déjà prête pour y aller. Cela ne te dérange pas si je pars en éclaireur ?

Elle soupire en haussant les épaules en guise de réponse. Mon empressement l'agace, je le vois bien. Sans daigner prononcer un mot, elle s'approche néanmoins rapidement pour me faire une bise, puis me libère d'un simple geste de la main.

Je suis tellement impatiente d'arriver, que je presse le pas. Mon i-*Me* m'indique que sept minutes seulement me séparent de chez PatricE. Je ne vais pas souvent chez lui et suis donc attentivement le plan qui s'affiche sur mon avant-bras. Erreur fatale. Mon pied gauche glisse alors maladroitement et se tord vers l'intérieur en même temps qu'une intense douleur transperce ma cheville. Un cri strident m'échappe. Comment ai-je pu me tordre ainsi la cheville ? Je regarde autour de moi et découvre un chewing-gum, encore brillant de salive, là, tout aplati sur le sol. C'est la première fois que je vois ça. Qui a-t-il bien pu jeter quelque chose par terre ? D'autant plus que la composition moléculaire du chewing-gum est conçue pour garder son élasticité, sa texture et son goût pendant plus de vingt-quatre heures. Il n'y a donc jamais d'urgence à s'en débarrasser. Je suis stupéfaite.

Je m'assois sur un banc et masse délicatement ma cheville. Si seulement j'avais une bande cicatrisante sur moi… Mais non, je vais devoir attendre d'arriver chez PatricE. Je ne vais tout de même pas solliciter une assistance médicale pour une si petite blessure.

Le soleil touche l'horizon et projette d'intrigantes ombres élancées qui s'enchevêtrent. Absorbée par ma douleur, je ne remarque pas celle qui s'approche et sursaute en relevant la tête. Une main me tend une bande cicatrisante ! Je me redresse. Un vieil homme d'au moins cent trente ans, calme et résolu, me propose gentiment de l'appliquer :

— Bonjour Mademoiselle, ayez confiance, j'étais infirmier dans ma jeunesse. Je sais parfaitement bien appliquer ces bandes. J'exerce encore souvent, la preuve... Je peux ?

La douleur ne me permet aucune hésitation. J'enlève ma chaussure et allonge ma jambe le long du banc, me laissant guider par les instructions de cet infirmier providentiel. Le vieil homme enroule alors habilement la bande autour de ma cheville et ajoute :

— D'ici une heure, vous pourrez la retirer. Votre cheville sera comme neuve. Mais en attendant, ne la sollicitez pas trop, marchez lentement.

Après l'avoir sincèrement remercié et tandis qu'enfin la douleur s'estompe, je reprends tranquillement ma route.

De justesse, j'arrive à l'heure au pied de l'immeuble de PatricE. C'est un bâtiment flambant neuf de vingt-huit étages construit l'année dernière. Dans chaque quartier, tous les ans, un immeuble est détruit puis remplacé par un autre. C'est un processus suivi de près par tous les habitants du quartier, régulièrement appelés à voter pour choisir les projets architecturaux, les décorations et aménagements urbains, décider de l'installation de nouveaux commerces ou encore d'un centre de loisirs… Tout ce qui concerne la vie et l'organisation d'un quartier est décidé collectivement.

J'entre dans le hall de l'immeuble. DenniS et LucY sont devant l'ascenseur. Le voile est enfin levé concernant LucY, il n'y a plus aucun doute possible. Elle a bien osé ! Sa tenue vestimentaire moulante met admirablement bien en valeur cette atrophie mammaire. Je parie que d'ici une semaine, elle retournera au centre.e.m réclamer la restitution de son bonnet 4. Pire, elle pourrait demander un gros nez de corbin, avec une belle saillie disgracieuse.

Nous montons dans l'ascenseur en même temps que le boulandroïde. Dommage que la climatisation soit si efficace, car tout ce pain, probablement encore chaud, doit sentir rudement bon. Il me vient alors l'idée que je pourrais organiser des *voyages* s*enteurs*. Je ne manquerais pas de la transmettre à XalieR demain. Qui sait, il me permettra peut-être d'arrêter de travailler sur le *voyage historique* ?

Au vingt-cinquième étage, nous entrons chez PatricE. Il nous accueille à bras ouverts et annonce d'une voix forte et euphorique, que la soirée sera de type plasma, gagnante à 70 % ! Je suis super contente. J'avais justement voté pour une soirée plasma, mon type préféré. J'adore la musique et l'ambiance tropicale qui lui sont associées. En plus, les murs et plafonds y modulent leurs couleurs au rythme de la musique, ce qui accentue le dépaysement et l'ivresse.

— Vous voulez boire quoi ? je leur propose.

— Je reviens tout de suite. Il faut d'abord que je

présente mon nouveau look à RachellE. Elle ne me croyait pas capable de le faire ! se défile LucY.

DenniS me lance un défi :

— Je prendrai bien un SIN. Tu sais en préparer ?

— Un SIN pour Monsieur ! Scotch, Izarra et Nuvo, l'esprit de Paris. Choix intéressant... J'en prépare deux.

Passant derrière le bar pour les préparatifs, DenniS s'intègre rapidement aux autres convives. Des éclats de rire fusent déjà de partout. Il y a une super ambiance ce soir.

Après avoir discrètement donné son verre à DenniS, ne peux résister davantage à l'envie d'aller danser et rejoins RachellE et MariE. Mes deux meilleures amies sont au milieu du salon, où une petite dizaine de personnes vibrent déjà entre musique et lumières ondulantes. Un faisceau frissonnant balaye la piste de danse. Dans son champ d'action, les ondes lumino-acoustiques me font frissonner. J'ai l'impression de ressentir physiquement la musique, d'entrer en symbiose.

*

* *

RachellE me propose d'aller tester les différents inhalateurs dans la chambre de PatricE. Elle adore les nouveautés et nous surprend souvent en dénichant des vapeurs aux effets les plus inattendus.

Ce soir, l'offre est éclectique. Dans les classiques, DreaM fait sombrer dans un sommeil paradoxal particulièrement riche en rêves, OrgasX provoque des orgasmes, et RirE induit une bouffée délirante rythmée par d'incroyables fous rires. Plus intéressants encore, nous y trouvons, deux vapeurs à effet-surprise. Les vapeurs surprises ont en général de brefs effets et sont tout autant destinés à l'utilisateur qu'à leurs observateurs. Mon regard croise malicieusement celui de RachellE, qui en un haussement de sourcil relève le défi. Je me lance :

— Je commence avec la vapeur-surprise transparente !

— D'accord, je testerai la verte ensuite.

Assises sur un des grands tapis, dans un coin de la chambre, j'applique le masque de l'inhalateur sur mon nez et inspire profondément tout en pressant sur la gâchette. Une vapeur musquée pénètre dans mes poumons. Un peu tendue et anxieuse, j'accroche le regard de RachellE.

J'attends.

J'attends ses effets et attends encore sans rien ressentir. Pourquoi ne se passe-t-il rien ? Je cherche sur l'inhalateur la date de péremption et commence à fulminer. RachellE éclate alors de rire. Me prenant par la main, elle m'entraîne au salon jusqu'à MariE, PatricE et DenniS, et interrompt leur conversation :

— S'il te plaît AlicE, répète ce que tu viens de me dire !

L'exaltation de RachellE contraste avec mon air perplexe. La situation m'échappe. Cette vapeur n'a aucun effet. Il n'y a pas de quoi alerter la terre entière. J'explique donc posément le problème à PatricE, pensant qu'il avouerait avoir trouvé ce vieil inhalateur par hasard, dans un coin de chez lui. Il ne peut être qu'obsolète.

C'est alors que je déverse, involontairement, un flot agrammatical de syllabes, incompréhensibles pour les autres. Sans aucune suite logique dans les mots que je juxtapose, j'articule cependant suffisamment, et utilise une syntaxe correcte. Sans avoir conscience de mon trouble, je provoque instantanément et unanimement des éclats de rire communicatifs. Perplexe, je demande à RachellE des explications. Mais dès que je reprends la parole, je ravive leurs rires. RachellE tente alors de m'expliquer qu'ils ne comprennent rien du tout à ce que je raconte, que mes phrases sont totalement désarticulées, bien que constituées de mots identifiables. C'est étrange. Je n'ai nullement l'impression de ne pas bien m'exprimer, mais apprécie finalement cet humour redoutable. Alors que déjà l'effet de la vapeur s'estompe, PatricE nous explique :

— C'était un effet GlossolaliE. Certains se mettent même à parler dans une langue imaginaire, qui pourtant ressemble en tout point à une vraie langue. Tu aurais donc pu mieux faire AlicE.

C'est au tour de RachellE de tenter une nouvelle expérience. Intrigués, PatricE et DenniS nous accompagnent dans la chambre. De retour sur le tapis, RachellE inhale profondément, puis nous sourit, exaltée. PatricE lui demande de raconter ses impressions. Sa réponse est stupéfiante :

— Oh ! PatricE, tu es toujours aussi impatient. Tu te comportes vraiment comme un gamin de trois ans. J'en ai assez de tes caprices !

Mais alors que j'allais oser tempérer ses propos, RachellE braque son regard sur moi et se lance dans une diatribe sévère, abruptement suivie d'un éloge dithyrambique de ma personnalité. Nous comprenons enfin, que la vapeur a un effet désinhibiteur verbal, et que RachellE nous dira tout ce qui lui passe par la tête, sans filtre ni autocensure. Cette vapeur métamorphose littéralement sa personnalité. Même si ses propos ne sont pas réellement pensés, ils sont toujours révélateurs d'une parcelle de vérité. Je saute sur cette incroyable occasion pour lui demander ce qu'elle pense de sa cohabitation avec MariE, sa colocataire.

Nous nous amusons beaucoup de voir RachellE, d'ordinaire réservée, se mettre à juger, critiquer et commenter les détails les plus futiles de leur vie. Mais l'effet de la vapeur s'estompe et RachellE redevient égale à elle-même.

*

* *

À vingt-deux heures, l'i-*Gift* arrive, ponctuel comme toujours. De même que pour le choix du thème de la soirée, chaque convive peut proposer une idée de cadeau pour l'anniversaire. Quarante-huit heures avant le début de la soirée, la liste des cadeaux possibles est arrêtée et les participants disposent de douze heures pour voter pour l'i-*Gift* de leur choix, qui sera livré au cours de la soirée.

Un cercle se forme autour de PatricE qui ouvre son i-*Gift*. C'est une très belle paire de lunettes de soleil, aux fines montures métalliques bleues. Agréablement surpris, PatricE les essaye et déclare :

— Mais où avez-vous bien pu dénicher ça ? Des lunettes de soleil… C'est très original. Bravo ! Merci à vous tous de m'aider à ne pas passer inaperçu, ou peut-être est-ce un message, car j'en fais toujours un peu trop niveau look ? Enfin, en tous cas, merci d'être venus si nombreux ce soir. Cela me fait vraiment plaisir de vous voir tous ici.

Depuis longtemps, les modifications génétiques apportées à l'espèce humaine ont permis d'éradiquer les myopies, les astigmatismes, ou encore les presbyties… Toutes les pathologies oculaires. De plus, les modifications apportées à la cornée lui permettent de s'adapter instantanément à l'intensité lumineuse environnante en s'opacifiant légèrement en cas de surexposition pour filtrer convenablement les rayons lumineux ou inversement. Actuellement, les lunettes ne sont donc plus du tout utilisées. Purement esthétique, cet accessoire donne à PatricE un petit air vintage qui lui va à ravir.

La fête reprend alors naturellement son cours. Je me laisse emmener par le rythme de la musique, entraînant les uns ou les autres à danser, sans m'apercevoir du temps qui passe. Aux premiers signes de départ, je réalise contrariée que minuit a déjà sonné. Les soirées en semaine s'achèvent toujours peu après le douzième coup fatidique, trop tôt à mon goût.

À travers les accolades et les échanges de bises, je sens l'insistance d'un regard qui me fixe. Je m'approche de DenniS et lui propose de venir chez moi demain soir. Il n'a plus l'air très alerte. Heureusement, il finit par accepter avec enthousiasme.

4

DenniS

Perdue dans l'expectation de la soirée, j'ai l'impression ce matin que le temps se rouille. À ce rythme, ce soir n'arrivera jamais. J'ai besoin de toute mon énergie pour me concentrer sur le projet de *voyage historique*. Plus que quatre jours d'immersion mentale dans ce petit village.

Je m'imagine, marchant entre les chaumières d'osier tressé, les pieds dans la boue. Il faudra penser à proposer ce type de séjour pendant la saison sèche. D'ailleurs, pour limiter les problèmes de chauffage ou de climatisation, il serait préférable de cibler le début de l'été. Les longues journées pallieront également les difficultés d'éclairage.

Il n'empêche que je me noie dans l'impressionnante documentation que j'ai rassemblée, comme un Gaulois dans sa libation. J'apprends que la vie de ces Celtes était organisée autour de grands rassemblements populaires, des banquets où les fêtards s'adonnaient à l'ivresse et appréciaient l'usage de plantes hallucinogènes. Etaient-ils plus ou moins heureux que nous ?

Plongée dans les années cinquante av. J.-C., c'est à peine si j'entends l'annonce du déjeuner qui m'invite en salle bleue, place quinze.

Aujourd'hui, je retrouve à ma table les quatre autres membres de mon équipe ainsi qu'une cinquième personne. Un inconnu. Vêtu d'une chasuble à capuche, il semble sorti d'un vieux film des années 2500. Je me présente, mais il use en retour d'un sens aigu de l'humour, détournant toutes mes questions sur son identité. Venant à mon aide, mes collègues l'assaillent de questions. En vain.

Très talentueux, il ironise à chaque réponse, avec un don d'imitation renvoyant chaque question à son auteur. L'aisance et finesse dont il fait preuve sont fascinantes. Mais son talent s'étend au-delà de son auditoire. Par des anecdotes habilement distillées, il dépeint les célèbres dirigeants du CUP. Il est tout simplement captivant et nous subjugue tant que je touche à peine à mon plateau-repas. Nous rions jusqu'à nous brûler les abdominaux. Ce moment est d'une convivialité rare, tels que devaient l'être les banquets gaulois d'ailleurs.

À la fin du repas, que j'aurais souhaité prolonger, nous remercions chaleureusement ce formidable conteur. J'espère le recroiser bientôt. C'est à contre-cœur que je retourne travailler.

Je ne croise personne devant le distributeur de boissons. Pour une fois, j'aurais aimé discuter un peu... Pas de chance !

Dans le couloir qui mène à mon bureau, j'ai la surprise

de tomber sur la mystérieuse et belle inconnue du déjeuner d'hier. Elle est encore vêtue d'un tailleur métallisé, mais plus clair que celui de la veille. Son regard vif me foudroie alors qu'elle me croise. Je lui adresse un « Bonjour » bienveillant, mais elle relève le menton en détournant son regard. Je suis surprise, puis décontenancée, lorsque sans même ralentir sa cadence, je sens qu'elle me dépose quelque chose dans la poche droite de ma veste.

Au calme dans mon bureau, je glisse nerveusement ma main au fond de cette mystérieuse poche. Sur un petit papier cartonné rectangulaire, je lis l'injonction : « Mercredi à dix-sept heures, au second étage dans les toilettes du fond, sur la droite. » Une bouffée d'angoisse me submerge. Est-ce une mise à l'épreuve du CUP ? Dois-je aller en informer XalieR ? Pourquoi agit-elle aussi discrètement ? Mais surtout, qui est-elle ?

Je m'assois un instant et réévalue les évènements.

Pourquoi n'est-elle pas tout simplement venue me parler dans mon bureau ? J'imagine aussitôt différents scénarios fantastiques. Serait-elle une investigatrice externe au CUP ? J'ai déjà entendu des bruits de couloirs concernant des enquêtes sur la mise en œuvre des différentes missions du CUP, mais n'y ai jamais vraiment prêté attention. Ou bien, serait-elle à l'origine du projet de *voyage historique* ? D'où sa présence au déjeuner... Mais alors pourquoi serait-elle restée si distante lorsque nous en parlions ?

Étrangement, le sentiment d'insécurité fait peu à peu place à l'excitation. Je regarde à nouveau le message, dubitative, mais le texte s'est effacé. Ne pouvant me résoudre à le jeter tout simplement à la poubelle, je le range soigneusement au fond du premier tiroir de mon bureau.

Je commence à gamberger. Le deuxième étage, je ne m'y rends que rarement, c'est celui de l'infirmerie. Tout le personnel du bâtiment est autorisé à s'y rendre. Il me sera aisé d'y aller. Mais plus les jours passent, plus cette semaine est étrange. Il va falloir que je déploie mille et une ressources pour me concentrer et avancer en pays gaulois.

Heureusement, JuleS César me fournit de nombreux renseignements. Sa *Guerre des Gaules*, décrit autant ses opérations militaires que les mœurs des différentes peuplades qu'il soumit, notamment à la bataille d'AlesiA. L'image des cavaliers romains massacrant les Gaulois dans un immense combat de 120 000 soldats me soulève le cœur. Comment était-il possible de faire preuve d'autant de cruauté et de barbarie ?

Je préfère recentrer mes lectures sur les banquets festifs, qui rythmaient la vie sociale des Gaulois. Admirablement bien organisés, les convives s'installaient sur des litières de paille et de fourrures déposées au sol. On mangeait assis, en cercle au centre duquel spectacles et jeux accompagnaient le repas. Les Gaulois mangeaient des quantités impressionnantes de cerfs, sangliers, chèvres ou volailles. Le pain était cuit au levain et les soupes, les bouillies et les crêpes ne manquaient jamais. Sans oublier la bière et l'hydromel qui coulaient à flots. Je m'interroge. Les druides s'enivraient-ils aussi pendant les banquets ? Nulle indication ne me renseigne sur le comportement de ces sages. Leurs sciences des nombres, de l'écriture et de l'astrologie les mettaient-elles à l'abri des excès ? Sûrement davantage que les bardes, qui contaient l'histoire plus ou moins imaginaire de leur pays et qui chantaient avec leur petite lyre les louanges des héros ou leur assénaient la malédiction d'une satire. Je ne peux guère m'appuyer sur ces personnages. Il me reste l'habileté des potiers gaulois.

Ils connaissaient l'usage du tour et fabriquaient de très fines céramiques. C'est ce peuple qui introduisit les moulures et développa les décors peints. La vannerie aussi occupait leur quotidien. Paniers, couffins, tapis et fauteuils prirent vie sous les doigts habiles de ces artisans.

Des initiations à la poterie, vannerie ou sculpture pourraient donc être proposées comme distractions à mes vacanciers. Ces ateliers leurs assureraient une immersion authentique, et permettraient la création des souvenirs originaux. Des cours de chants et de harpe celtique, ainsi qu'une cérémonie de cueillette de gui pourraient également constituer des activités phares du séjour.

Le gui est une plante hémiparasite, jadis utilisée comme un talisman contre les mauvais esprits. Il purifiait les âmes, guérissait les corps et assurait la fécondité des troupeaux. J'imagine avec amusement mes petits Parisiens à la recherche de gui dans une forêt sauvage. Pour être efficace, cette plante devait être cueillie sur un chêne rouvre, une espèce assez rare. Cela dit, qui pourrait de nos jours faire la différence entre un chêne rouge, vert ou liège ? Une fois le gui trouvé, les vacanciers pourraient se rassembler solennellement au pied du chêne. Un druide muni d'une serpe d'or couperait le gui pour le recueillir dans un drap blanc. Traditionnellement, au même moment, deux jeunes taureaux étaient sacrifiés au pied de l'arbre pour le remercier du don fait aux hommes. Mais raisonnablement, je pense que cette offrande ne sera pas au programme. Je vais transmettre toutes ces idées à NicolE, afin qu'elle les étaye et les inscrive dans son rapport.

*

* *

En fin de journée, je rassemble les informations pour le débriefing de mi-semaine de demain matin, puis inactive mon bureau et rentre prendre une douche au NanoS$^+$ rouge sanguin – F$_{30}$. J'ai envie d'une nouvelle couleur ce soir et veux des cheveux lisses et souples. Le résultat est impressionnant ! Je suis toujours surprise de changer à ce point en ne touchant qu'à ma coiffure et au maquillage. Pour mettre en valeur mes cheveux rouges, mon dressing me propose une robe dorée, ajustée et soigneusement décolletée, exactement ce qu'il me faut.

Je m'installe ensuite confortablement dans le canapé du salon, où ma colocatrice, NorandrA, occupe déjà un grand fauteuil. Elle écoute de la musique qu'elle positionne à mon arrivée en mode partage. Apparemment étonnée de me voir, elle me demande abruptement :

— Tu ne devais pas sortir ce soir ?

— Bonsoir NorandrA ! Moi aussi je suis contente de te voir. C'était hier ma sortie, pour l'anniversaire de PatricE, où tu devais d'ailleurs me rejoindre.

— Oups, c'est vrai. Je suis désolée. SaB m'a proposé une autre soirée juste avant de partir et du coup, j'ai oublié de te prévenir ! Mais ton i-*Me* ne t'a pas dit où j'étais ? Tu ne m'en veux pas trop ?

Devant mon air dubitatif, NorandrA esquisse un sourire et ajoute :

— Allez, je te dois une faveur et on n'en parle plus. D'accord ?

NorandrA est chanceuse. Je suis d'excellente humeur à la perspective de la soirée qui s'annonce. Je pardonnerais bien pire. J'accepte de bon gré :

— D'accord, mais ton solde est déjà à deux faveurs !

Au fait, DenniS va passer ce soir. Il ne devrait d'ailleurs pas tarder.

— Non ! Depuis le temps que tu m'en parles, je vais enfin le voir ?

— Si tu étais venue hier, tu l'aurais déjà rencontré !

NorandrA me donne alors des nouvelles de sa famille. Je l'adore, elle a toujours l'art et la manière de narrer les évènements, aussi ordinaires soient-ils. Elle y met de l'humour, de la légèreté et surtout y ajoute beaucoup d'interprétations et d'extrapolations. Je me laisse donc bercer par son doux babil, jusqu'à ce que DomO prévienne :

— DenniS vient d'entrer dans l'ascenseur.

Dans le hall d'entrée, l'analyseur biométrique permet d'annoncer les visiteurs.

Je bondis hors du canapé pour l'accueillir et lui offrir mon plus beau sourire. Tendrement, nous nous embrassons. Lui prenant la main, je le guide jusqu'au salon pour lui présenter NorandrA. Elle lui propose :

— Nous avons déjà entamé l'apéro. Je te sers quelque chose ?

— Je prendrais bien un whisky s'il te plaît.

NorandrA apporte des mignardises à grignoter et re-embraye sur sa mère, de retour de vacances sous les tropiques. Elle paraît intarissable. Coupant court à ce monologue, je tente une échappée :

— Je vais faire visiter l'appartement à DenniS.

— J'ai compris, passez une bonne soirée.

DenniS subtilisé, je l'emmène dans ma chambre, où il

sort un petit paquet cadeau de sa poche. Surprise, je m'assois sur le lit et décachette l'emballage avec émotion. Ce sont deux paires de lentilles : *nuit à la belle étoile*. Magnifique et original. Je n'avais encore jamais testé cette déclinaison. Je lui tends alors une des deux paires, pose la mienne et m'allonge. J'écarquille les yeux, et découvre DenniS devant une nuit étoilée à en couper le souffle. Je referme les yeux. Le spectacle n'en est que plus étonnant. La Voie lactée scintille, finement représentée et d'une intensité hypnotique. Des étoiles filantes apparaissent de temps à autre. Jamais je n'avais encore contemplé de nuit plus belle. DenniS reste silencieux, subjugué lui aussi. Nous restons un bon moment ainsi, allongés, les yeux fermés, ponctuant de nos vœux chaque étoile filante.

Sur la table de nuit, j'attrape mon inhalateur d'OrgasX et le tends à DenniS. Après qu'il ait profondément inspiré, je presse à mon tour sur la gâchette...

La mise sur le marché d'OrgasX a constitué une véritable révolution sexuelle. Lorsque le consommateur en inhale une bouffée, la vapeur diffuse des cavités nasales aux poumons, où elle traverse les tissus biologiques pour y être intégralement absorbée par la circulation sanguine. Transportée jusqu'au cerveau, elle passe la barrière hémato encéphalique, pénètre abondamment dans le cerveau et active sélectivement, durant une quinzaine de secondes, les neurones dopaminergiques de l'aire tégmentale ventrale responsables de la jouissance sexuelle. C'est l'orgasme.

L'efficacité d'OrgasX est telle que les premiers essais sur des rats furent stupéfiants. Durant une semaine, les animaux pouvaient inhaler de l'OrgasX à volonté, en actionnant une manette de leur patte. Très rapidement, les scientifiques observèrent des pics de quinze inhalations par heure. Si le sommeil devenait nécessaire, les rats s'assoupissaient quelques instants pour reprendre aussitôt place devant la manette. Ils préféraient même se priver de manger plutôt que d'interrompre leurs inhalations. Heureusement, les essais sur l'homme montrèrent une utilisation plus raisonnée des prises d'OrgasX.

Lors de sa sortie, le CUP mit en garde les utilisateurs, concernant les dérives possibles et surtout, instaura un contrôle strict de la distribution d'OrgasX. À présent, chacun a appris à gérer sa consommation.

Depuis l'avènement d'OrgasX au siècle dernier, la délinquance sexuelle a disparu, mais surtout, le civisme et l'altruisme se sont étonnamment développés. Sans oublier qu'avec OrgasX, les maladies sexuellement transmissibles ont été reléguées au rang des maladies rares, les expériences sexuelles étant désormais presque exclusivement solitaires.

L'effet d'OrgasX se dissipant, je me loge tendrement dans ses bras alors qu'il commence à me parler de ses dernières vacances à Rome. Ce moment devrait être complice et délicat. Mais je ne parviens pas ni à l'écouter ni à le savourer. Pourquoi est-il justement parti à Rome ? Inévitablement, des images de VercingétoriX affrontant les troupes romaines m'assaillent. J'essaie de me concentrer sur les propos de DenniS, mais n'y parviens pas. Mes pensées divaguent vers d'autres lieux, d'autres époques.

Je m'imagine à présent être MorganE, sœur du roi ArthuR. Je règne sur l'île d'Avalon, où vieillesse et mort sont inconnues. Vêtue d'une longue robe de velours pourpre, je sillonne les allées de mon château et parcours les différentes pièces de vie. Dans la salle bleue, des amies jouent aux cartes. Elles rient à gorge déployée, au rythme de la douce musique d'un barde. Je trinque avec elles et me laisse bercer par leurs bavardages, quand soudain, un baiser de DenniS m'extirpe de ma rêverie.

Il est effectivement déjà tard. Je le raccompagne à la porte, mais n'ai plus sommeil. Machinalement, j'attrape mon i-*Movie*. Cette coiffe souple recouvre ma tête de nano capteurs-émetteurs pour stimuler finement chacun de mes sens. Ainsi, en fermant les yeux afin de ne pas surimposer ma propre vision à la projection en cours, il est possible de vivre un film. La force de cette technologie réside essentiellement dans l'immersion et la complexité des émotions ressenties. Sans oublier les couleurs, toutes ces nouvelles couleurs qui sortent normalement du spectre visible. Dans les films, elles semblent pourtant si inhérentes à la vie.

Dans les i-*Movies*, il est possible soit d'être un simple observateur, soit d'incarner l'un des personnages principaux du film. Dans cette dernière configuration, toutes les émotions et les perceptions du personnage seront également perçues par le spectateur. Ses sensations de faim ou soif, tout comme ses peurs ou ses amours passionnels. Le son aussi, tout en subtilité, devient plus localisé dans l'espace. Pour chaque film, il est également possible soit d'incarner passivement un personnage, sans prendre de décision vis-à-vis du scénario, soit d'être maître de ses actions et de décider de sa conduite. Comme dans un rêve, un coup de poignard reçu dans un film ne peut engendrer la mort. La souffrance ressentie, même extrême ne peut se substituer à la conscience d'être hors d'atteinte, ce qui permet à l'expérimentateur de se débrancher à tout moment si les sensations dépassent le supportable.

Les expériences les plus troublantes que j'ai pu ressentir en i-*Movie* correspondent aux scènes où un souvenir personnel est évoqué. Le sentiment intime d'avoir vécu un souvenir artificiel se révèle extrêmement déstabilisant. Presque plus que de vivre un amour passionnel, qui s'évanouit une fois le film terminé. Mais par-dessus tout, j'adore revoir un film, plusieurs fois, en choisissant tour à tour d'incarner différents personnages.

*
* *

Ainsi équipée, je recherche un film dont l'action se situerait aux alentours des années cinquante av. J.-C. Deux choix s'offrent à moi : *La Trahison de JudaS* ou *AmbioriX, roi des Éburons*.

J'opte pour le second. Ce chef dont la ruse lui permit d'échapper à César suscite ma curiosité. Sous mon drap thermoadaptatif, je demande une température ambiante de 19 °C et lance l'i-*Movie*.

5

L'inconnue

Le débriefing de la mi-semaine occupe toute ma matinée de ce mercredi. Chacun des membres de l'équipe dresse un état des lieux succinct de son travail. Le tour de table est initié par FlorienT. Il est chargé de trouver un terrain et d'y prévoir la construction du village :

— J'ai trouvé trois terrains potentiels. Le premier, par ordre de proximité, se situe dans une plaine à trente minutes en aéroporté. C'est une zone constructible de douze hectares, mais sans forêt, uniquement de la steppe. Enfin, des arbres ça se plante, et en croissance accélérée, on aurait une belle forêt en trois ans. Mais du coup, j'ai classé ce site en dernière position.

Le second terrain est situé dans les montagnes, à trente-huit minutes en aéroporté. Ce terrain sert actuellement de pâturages. Dans un rayon cinq kilomètres, il est à 68 % entouré de forêts. C'est potentiellement le site le plus intéressant, mais je dois encore voir dans quelle mesure l'élevage dans cette région pourrait être réorganisé afin de libérer le terrain.

Enfin, le troisième terrain, à quarante-deux minutes en aéroporté, est marécageux. Cette caractéristique habituellement synonyme de délais d'assainissement supplémentaires pourrait cependant reproduire les conditions environnementales de l'époque. Il faut cependant que je détermine avec les architectes si des maisons en bois pourraient y être construites sur le terrain tel quel ou s'il faut l'assainir un minimum.

Je serai donc en mesure de proposer, d'ici vendredi, un terrain en parfaite adéquation avec le cahier des charges. Concernant la construction du village gaulois maintenant, j'ai travaillé avec deux architectes pour créer la maquette que voici.

Au centre de la table de réunion, émerge alors une maquette holographique 3D, que FlorienT commente :

— Le village sera constitué de vingt-cinq petites maisons coniques, à volume unique, comme celles de l'époque. Enfin, j'ai tout de même intégré un espace sanitaire, qui ne sera pas vraiment conforme aux normes *before J.-C.* Il y aura trois tailles d'habitats : pour deux, quatre ou encore six personnes. Je vous rappelle qu'il est important de loger beaucoup de personnes ensembles pour favoriser les interactions sociales entre les habitants, et recréer l'environnement d'antan. Ce type de séjour étant exclusivement réservé aux adultes, inutile de prévoir quoi que ce soit pour les enfants.

Les maisons seront globalement réparties autour de la place du village, de laquelle partiront quatre allées pour sillonner le village. J'ai également prévu deux puits. À présent que les plans sont bien établis, il faut que je trouve les matériaux nécessaires à la construction et que j'évalue le temps nécessaire à son édification. Pour vendredi, j'aurais donc aussi bouclé cette partie.

Abordant alors l'aspect vestimentaire du projet, c'est au tour de SaraH de présenter l'avancement de ses travaux :

— Les Gaulois étaient des maîtres en matière d'habillement. Ils étaient passionnés par tout ce qui pouvait orner leur corps : vêtements, bijoux, mais aussi coiffures et teintures. Leurs principales inventions vestimentaires furent d'ailleurs adoptées par les Romains. C'est le cas du pantalon, des braies et du sayon.

SaraH nous présente alors, en holographie 3D, différents modèles de sayon, des tuniques avec ou sans manches. Ils sont tous blanc cassé, mais de textures différentes : chaud, en laine ou plus souple et léger, en lin. Elle ajoute :

— Les paysans portaient également une sorte de cape terminée par une capuche les protégeant des intempéries, c'est le *cucullos* que voici.

SaraH sort alors un vêtement de son sac et l'enfile. C'est un magnifique *cucullos*, qui lui va à merveille. Fière de sa trouvaille, elle termine sa présentation :

— Je dois encore choisir différents motifs et coloris pour ces vêtements. Les motifs étaient très importants. Ils témoignaient de l'appartenance sociale de son propriétaire. Je dois aussi trouver comment concevoir ces vieux tissus. Les matières telles que la laine et le lin ne sont plus du tout utilisées, mais j'ai encore une ou deux pistes à explorer.

Je félicite vivement SaraH pour sa présentation, mais ne peux contenir une remarque. La centaine de villageois qu'il va falloir vêtir devront avoir des tenues toutes différentes les unes des autres, et plusieurs tenues pour chacun. Il faudrait donc varier un peu plus les modèles et les couleurs, pour que chaque vêtement soit unique.

Toujours en holographie 3D, YanN expose ensuite une très impressionnante série d'objets gaulois. Il nous montre de lourdes jarres et de grands vases, puis s'anime particulièrement en nous présentant les bijoux de l'époque. En or et bronze, plus ou moins ouvragés. YanN fait défiler des bracelets, colliers ou *torques* que les guerriers ou femmes riches portaient. Puis, il présente du mobilier :

— Il faudra du chêne pour concevoir de petites tables basses et des banquettes ainsi que du hêtre pour la confection de coffres de rangement et des étagères.

Imaginant les besoins d'un villageois de l'époque et soucieux du détail, YanN est parvenu à recréer l'atmosphère chaleureuse qu'il devait y avoir dans ces habitations. Il nous ferait presque oublier la rudesse de vie en cinquante av. J.-C. Pour conclure, il ajoute simplement :

— Le muséum peut réaliser des copies de toutes les œuvres qui nous intéresseraient, et dans des délais très raisonnables. Je n'ai plus qu'à sélectionner ce dont nous aurions besoin.

Terminant le tour de table, NicolE fait le point sur la partie animation. Sa présentation est catastrophique. Un vrai désastre. J'avais déjà noté que pour les sujets qui ne l'intéressent pas, elle bâcle son travail. Mais aujourd'hui, elle se surpasse. Son flegme illustre à merveille sa motivation et le contenu insipide de sa présentation tout le soin et l'attention qu'elle y a apportés. C'est à peine si elle a développé les idées que je lui avais glissées sur les ateliers artisanaux, les banquets et la cérémonie de cueillette du gui. Je suis vraiment déçue. Enfin, le caractère exceptionnel du séjour sur lequel nous travaillons cette semaine ne me permet objectivement pas de la recadrer. Je vais laisser couler pour cette fois et prendre sur moi, mais je l'ai à l'œil à présent.

Les présentations achevées, je félicite l'équipe pour son travail, évitant soigneusement de croiser le regard de NicolE.

— Merci à vous tous d'avoir pris au sérieux cet abominable projet. D'ici vendredi, les objectifs seront remplis. De mon côté, je me suis occupée des autorisations sanitaires. Apparemment, il sera possible de faire vivre chèvres et moutons dans le village, mais uniquement s'ils restent parqués dans des enclos bien fermés. FlorienT, il faudra donc ajouter deux ou trois emplacements pour ces bestiaux sur la maquette du village. Par ailleurs, on pourrait confectionner une monnaie gauloise ? Qu'en penses-tu NicolE ?

— Pourquoi pas…

— J'ai déjà trouvé un graveur qui pourrait reproduire les statères en billon des Coriosolites. Je compte sur toi pour choisir des modèles et les lui transmettre.

De nos jours, l'argent n'est plus utilisé. Le CUP assurant la gestion de tout, la suppression de la monnaie s'imposa. Chacun s'investissant différemment dans sa formation professionnelle puis dans son travail, le CUP choisit donc de récompenser les efforts personnels en attribuant des logements plus ou moins spacieux, en modulant la fréquence et le niveau gastronomique des tables attribuées au restaurant ou encore en adaptant la durée ou l'originalité des vacances. Cependant, je trouve que l'idée de réintroduire la notion d'argent pourrait être extrêmement ludique.

*

* *

De retour à mon bureau, j'ouvre le tiroir du haut, afin d'y retrouver le carton blanc de ma belle inconnue. J'écarte mes dossiers un à un, en vain. Je ne le retrouve pas. Je réitère minutieusement l'opération mais ne le trouve plus. Le carton s'est probablement décomposé. J'aurais dû m'en douter. Je n'ai donc plus de support physique auquel me raccrocher, plus de preuve, même si le message n'était déjà plus visible.

La curiosité me tiraillant, je ne pense qu'à aller reconnaître les lieux. Mais ne me faudra-t-il pas un prétexte pour me rendre au second ? D'autant plus que si j'y retourne cet après-midi, cela risque de faire beaucoup d'allées et venues inhabituelles. Il serait peut-être préférable que je m'abstienne de descendre… Dommage. De mémoire, je revois toutefois très bien l'entrée des toilettes du second. L'intérieur est identique à celui de toutes les autres. Après tout, je n'ai qu'à aller à celles où je me rends habituellement et imaginer que ce sont celles du second.

À l'affût du moindre détail, je sors de mon bureau et emprunte le couloir sur ma gauche. La porte d'entrée des toilettes est située juste avant le distributeur de boissons. J'entre et longe les lavabos. J'avance jusqu'aux quatrièmes et dernières toilettes. Détectant mon approche, la porte sur ma droite s'ouvre sur une petite pièce rectangulaire. Comme dans la quasi-totalité des toilettes, les murs sont peints en blanc lin et le revêtement du sol est en SynthéosiN bleu. Je m'assois et fixe le cadre d'information au dos de la porte. Un flash santé rappelle l'importance des vitamines :

« Les vitamines sont essentielles au bon fonctionnement de l'organisme. Ces molécules organiques sont des coenzymes, indispensables à l'activité des enzymes, qui pour beaucoup ne sont pas synthétisées par le corps humain. Des essais de transgénèse sont actuellement en train d'ajouter les voies de synthèse manquantes dans la lignée humaine, mais pour le moment, elles doivent être régulièrement apportées par l'alimentation, avec une posologie adéquate. Un apport insuffisant ou une absence de vitamines provoquent de graves maladies telles que le scorbut ou le rachitisme. Afin de prévenir toute carence, les jus de fruits MatinPluS ont spécialement été conçus pour répondre à vos besoins. Vous devez donc boire un verre de ce jus de fruits et un seul, chaque matin. »

J'ai des haut-le-cœur en regardant défiler les visages de personnes atteintes du scorbut. La publicité montre également des gros plans de dents déchaussées sur des gencives purulentes. Pourtant, ce n'est pas la première fois que je la vois, et toutes les publicités finissent sur des images-chocs. Mais je ne m'y habituerai jamais.

J'observe alors minutieusement tous les recoins du cabinet de toilette d'environ trois mètres carrés, comme s'il avait fallu à la sortie que je le redessine en détail. Puis, je me regarde dans le miroir mural. Déçue par l'inutilité patente de cette mission de reconnaissance, je retourne à mon bureau.

*
*   *

Il est maintenant seize heures quinze. Plus que trois quarts d'heure avant le rendez-vous. J'enlève ma veste, j'ai chaud. Je ne me sens pas bien. Cette situation m'est extrêmement inconfortable.

Elle m'échappe.

Si seulement je pouvais mettre un nom sur le visage de cette femme. J'ai besoin d'en savoir plus sur elle, son travail ou sa vie, n'importe quelle information serait une bouée à laquelle je pourrais me rattacher. Elle était assise juste à côté de M. Nector et doit donc être une personnalité importante. Fouillant dans l'organigramme du CUP, je commence par rechercher les personnes travaillant du niveau Direction.1 au Direction.3. Mais personne ne lui ressemble. J'étends un peu mes recherches, et encore davantage… Jusqu'au niveau Direction.8. Toujours rien. Je demande à DomO les noms des personnes avec qui j'ai déjeuné ce lundi. Il me les nomme tous à l'exception de celui qui m'intéresse. La situation devient inquiétante. Comment ne peut-elle être répertoriée nulle part ? Elle ne doit donc pas travailler au CUP.

Allez, plus que vingt-cinq minutes à tuer. Combien de temps me faudra-t-il pour descendre jusqu'au second ? Quelle est la probabilité que quelqu'un m'alpague en chemin ? On va dire que trois minutes suffiront pour y aller.

Si cette mystérieuse inconnue m'approche aussi discrètement, c'est pour éviter que XalieR ou quelqu'un d'autre n'ait connaissance de nos entretiens. Mais en quoi pourrais-je lui être nécessaire ? Je ne vois absolument pas en quoi mes compétences pourraient lui être utiles ni à elle ni à qui que ce soit d'autre d'ailleurs.

Absorbée par mes pensées, je n'entends pas la porte de mon bureau s'ouvrir. Je sursaute en découvrant XalieR debout devant mon bureau.

— Bonjour AlicE. Je viens voir comment avance le projet. Le débriefing de ce matin s'est-il bien passé ?

— Très bien, merci. Tout le monde respecte scrupuleusement le cahier des charges. Le dossier sera bouclé vendredi, dans les temps, comme d'habitude. Mais pourquoi suivez-vous ce projet avec autant d'attention, alors que si j'ai bien compris, il ne sera pas réellement mis en œuvre ?

Si je parviens à répondre poliment à cet inquisiteur, je contiens en revanche difficilement mon bouillonnement intérieur. XalieR n'a pas pour habitude de débarquer ainsi dans mon bureau à l'improviste. Mais aujourd'hui et précisément à l'heure de mon rendez-vous, il se pointe la bouche en cœur ! Il faut que je me débarrasse rapidement de lui.

— Je sais que ce projet est très atypique, d'où ma présence inhabituelle aujourd'hui. Mais comme il vient de M. Nector lui-même, il faut le soigner. Si vous en avez besoin, je peux même vous aider.

— Non merci, c'est très gentil, tout va bien je vous assure. Nous avançons tous très bien. Merci encore pour votre soutien. Après le débriefing de ce matin, je vous assure que nous serons dans les temps. Vous recevrez mon rapport vendredi, soigné et complet, comme d'habitude. Mais, en repensant au déjeuner de lundi, connaissez-vous la femme qui était assise à côté de M. Nector ? Personne ne me l'a présentée.

— À gauche de M. Nector ? C'est une nouvelle de son équipe. Il nous l'a effectivement présentée juste avant votre arrivée, mais je ne me souviens plus de son nom. Pourquoi ?

Apparemment peu concerné, XalieR porte à présent son attention sur l'un des tableaux décorant mon bureau.

— Dommage, j'aime bien connaître les personnes avec qui je travaille. Pourriez-vous redemander son nom à M. Nector ?

— Euh, oui, si vous y tenez… Bon, puisque vous n'avez pas besoin de moi, je retourne à mon bureau. Si vous changez d'avis, n'hésitez surtout pas à venir me voir. Ma porte reste ouverte.

In extremis, il quitte enfin mon bureau. Je vais être en retard, je le sens.

J'attends un peu, le temps que XalieR regagne son bureau avant de sortir du mien. J'ai de la chance. Bien que l'ascenseur descende directement les neuf étages, j'ai l'impression qu'il fonctionne au ralenti. Je suis tendue et entends battre mon cœur dans mes oreilles.

Les portes s'ouvrent enfin sur le couloir du second, guère plus animé que celui de mon étage. J'avance lentement jusqu'aux toilettes où je croise une vieille femme qui sort de l'infirmerie.

Mon i-*Me* m'indique deux minutes de retard.

J'entre et me dirige au fond à droite, comme demandé. Je suis seule dans le bloc sanitaire. J'entre dans la dernière cabine.

Anxieuse à l'idée d'avoir raté mon rendez-vous, j'observe minutieusement tous les coins de cette petite pièce. Il n'y a rien. Le flash santé m'énerve. Ses variations brusques et incisives de décibels sont insupportables. Je sais pertinemment que l'exercice physique est important pour la santé ! En plus, tout le monde fait régulièrement du sport. Vraiment, je ne comprends pas l'utilité de ces flashs santé. Je regarde encore une fois attentivement dans tous les recoins possibles, mais ne trouve toujours rien.

Je n'y crois pas et ne peux m'y résoudre. Mes deux petites minutes de retard auraient-elles tout fait capoter ? J'examine encore plus minutieusement les murs en passant doucement mes doigts le long des parois, lorsque soudain mon index droit détecte une irrégularité. Je palpe attentivement cette zone en retenant ma respiration. Il y a bien une pellicule collée au mur. Son revêtement est identique à la texture du mur et sa finesse extrême. Avec minutie, je parviens progressivement à la décoller. C'est une enveloppe. Je sens mon rythme cardiaque s'emballer.

Je décachète nerveusement l'enveloppe, de peur qu'elle ne s'autodétruise elle aussi, et en sors une lettre. Inspirant profondément, je lis :

« Range soigneusement cette lettre dans la poche de ta veste, jette l'enveloppe en boule dans les toilettes, retourne travailler et ne poursuis cette lecture que chez toi, seule dans ta chambre ce soir. N'en parle à personne. Va ! »

Je m'exécute sans l'ombre d'une hésitation. Au contact de l'eau, l'enveloppe se dissout immédiatement. Je plie la lettre en quatre, la glisse dans ma veste et ressors.

L'auto-nettoyage des toilettes s'enclenche.

Avant de remonter travailler, j'entre dans l'infirmerie

pour justifier mon passage à l'étage. J'y prétexte que ma cheville m'élance encore depuis mon entorse de lundi.

L'infirmier palpe ma cheville et lui fait faire de petites rotations. Me souvenant précisément du mouvement qui m'était douloureux, je me raidis subitement lorsqu'il réalise une flexion avant de ma cheville, mimant une douleur ravivée. Très surpris que deux jours après une foulure, je puisse avoir encore mal, il se résigne toutefois à me poser un second bandage cicatrisant :

— Voici qui calmera la douleur et cicatrisera le muscle. Mais faites bien attention de marcher doucement pendant au moins une heure à partir de maintenant. Essayez de rester assise à votre bureau. Ce soir, avant de vous coucher, vous pourrez la retirer, et demain matin, cette cheville sera comme neuve. Je pense que votre ancienne bande devait être périmée. Vous auriez dû venir consulter plus tôt ! Je compte vraiment sur vous pour la garder jusqu'à ce soir ! Est-ce bien compris ?

Je supporte mal les processus d'infantilisation, surtout quand j'en suis victime. Quel abruti ! Il ne soupçonne pas une seconde que je puisse me jouer de lui. Et quel incompétent ! Comme si ces bandes cicatrisantes se périmaient. Enfin, je hoche la tête en guise de réponse et repars. J'ai mon alibi.

*

*   *

À tous les coups, la lettre se décomposera elle aussi quand je l'aurai lue. Cette fois, il faudra que je pense à la scanner afin de conserver une preuve. Mais pourquoi ne m'a-t-elle pas tout simplement remis cette lettre quand elle m'a croisé dans le couloir hier ? Je ne pense pas qu'il y ait des caméras de surveillance ni dans mon bureau ni dans les couloirs.

J'ai du mal à me concentrer sur mon travail et ne pense qu'à la lettre. Dommage que je ne puisse pas rester tranquillement chez moi ce soir, mais je la lirai rapidement avant d'aller retrouver RachellE et MariE, mes meilleures amies. Je les ai connues au cours de ma formation professionnelle, en même temps que NorandrA. Au cours de nos soirées, nous parlons en toute complicité et sans tabous de nos vies. Les anecdotes fusent, touchant tour à tour nos vies familiales, professionnelles ou sentimentales. Tout est passé en revue avec liberté et légèreté. Nous rions tellement, boissons et inhalations aidantes, que ces soirées sont tout simplement sacrées, à ne manquer sous aucun prétexte !

RachellE et MariE habitent ensemble. Je me demande souvent pourquoi le CUP a estimé que la communauté de vie serait meilleure entre RachellE et MariE, plutôt qu'entre l'une d'entre elles et moi. Bien que je sois très heureuse avec NorandrA, j'aurais préféré que le CUP nous loge toutes les quatre ensemble. Mais les colocations à trois ou quatre sont rares.

6

Révélations

Tel un trou noir, le champ gravitationnel qu'exerce la lettre sur mes pensées absorbe mes spéculations. J'espère ne pas avoir atteint l'ergosphère. Une fois franchie, le trou noir nous entraîne dans sa rotation et nous attire irrémédiablement en son centre. Alors que mon univers frôle l'implosion, un murmure m'interpelle et m'extirpe de l'imminente catastrophe. C'est la voix de NorandrA que je parvient enfin à identifier plus clairement. Elle brame depuis l'autre extrémité de notre appartement pour que je vienne la voir.

Devant l'urgence toute relative de la situation, je garde ma trajectoire. Direction : ma chambre ! Je lui réponds en criant à mon tour :

— Attends, je suis pressée, on a rendez-vous au Cariban dans une demi-heure je te rappelle. Et je ne suis pas du tout prête.

— Justement, il faut que tu me dises ce que tu penses de ma nouvelle robe ! insiste NorandrA en arrivant dans ma chambre.

— Une robe-miroir ? je constate avec étonnement. Mais plus personne n'en porte.

Très à la mode l'année dernière, ces robes, en tissu réflecteur très souple, reflètent tout ce qui les entoure. Ainsi, son porteur devient presque invisible.

— Justement, j'aime son côté rétro, un peu décalé.

— Elle te va très bien en tout cas. Bon choix. Je me prépare et j'arrive dès que je suis prête.

*
* *

Nerveusement, je m'enferme et m'assois sur le rebord du lit. Je déplie précautionneusement la lettre :

« Bonjour AlicE,

Nous te contactons aujourd'hui, car à ton insu, tu joues actuellement un rôle crucial dans l'évolution de notre société.

Depuis plusieurs siècles déjà, les présidents du CUP mènent de nombreux programmes de recherche sur le comportement humain afin d'identifier les gènes responsables de notre nature. Pour y parvenir, le CUP a varié les conditions environnementales et testé différentes mutations du génome humain. Il fallait savoir si nos personnalités, motivations ou sentiments étaient modulables par la génétique.

Mais aucune de leurs expériences n'est encore

parvenue à résoudre un aspect problématique de la nature humaine, qui concerne environ 5 % de la population mondiale. Sans aucune raison objective, ce petit pourcentage de la population manifeste, assez tôt au cours de sa vie, le besoin de vivre des situations chaotiques, violentes, à la limite de l'autodestruction. Ils s'épanouissent dans une dualité contextuelle, entre calme et civilité la majorité du temps, et de brèves bouffées délirantes.

Au cours des civilisations et depuis la nuit des temps, les peuples se sont régulièrement livrés bataille, anéantis et même réduits en esclavage. Heureusement, de nos jours, les modifications génétiques apportées à l'espèce humaine ainsi que les stabilisateurs d'humeur contenus dans MatinPluS ont nettement contribué à diminuer les rapports agressifs entre les individus. Pourtant, 5 % de la population mondiale générèrent encore des problèmes. Suite à leurs actes répétés d'agressions ou de violences, ces individus sont rapidement identifiés par le CUP et isolés du reste de la population. Ils sont alors soumis à de nombreux tests pour tenter de déterminer l'origine de leur trouble. Mais pour le moment, le CUP n'arrive pas à prévenir ni traiter convenablement leur trouble du comportement.

Le projet de *voyage historique* que tu mets actuellement en place a pour réelle vocation de faire vivre des épisodes de régression temporelle brusques et violents à ces individus. Durant une semaine, les villageois vivront dans une place forte, tout comme vivaient les Gaulois dans leur *oppidum*. Ils s'entraîneront quotidiennement au maniement de l'épée, de la lance et des armes de jets. À l'issue de cette préparation, ils livreront une bataille sanglante contre des prétendus assaillants romains.

Ce scénario est articulé autour d'un double objectif. Tout d'abord, il permettrait de déterminer si des séances répétitives de violence, en participant régulièrement à des *voyages historiques*, pourraient servir d'exutoire, et apporter un équilibre dans la vie de ceux qui souffrent de trouble du comportement. En outre, les batailles permettraient d'éliminer les individus incurables et nuisibles à la société.

Je fais partie d'un mouvement de résistance au CUP. Nous n'acceptons pas que ce dernier exerce un droit de vie ou de mort sur chacun de nous, et encore moins qu'il manipule le génome de notre espèce en toute impunité. Nous sommes activement recherchés par les services de sécurité du CUP et te conseillons donc vivement de ne parler à personne de cette lettre. Tu pourrais réellement te mettre en danger.

Si toutefois tu acceptes de nous aider, il faudrait que ton rapport de vendredi sur le *voyage historique* souligne les limitations opérationnelles et les difficultés techniques qu'il comporte. Nous comptons sur toi pour participer au sabotage du projet ! Par ailleurs, si tu souhaites découvrir davantage le monde dans lequel tu vis et rejoindre notre cause, arrête de boire quotidiennement les stabilisateurs d'humeur contenus dans MatinPluS. Nous te recontacterons bientôt. »

*
*   *

Bouleversée par les révélations de cette lettre, je reste un moment inerte sur mon lit. Je repense à M. Nector, insistant sur le soin à apporter à ce projet qui ne verra probablement jamais le jour... Quel faux cul ! Moi qui croyais travailler pour du vent cette semaine, je me retrouve à présent au cœur de manipulations qui me dépassent. Je suis au CUP depuis plus de six ans déjà et j'ai toujours été très fière d'en faire partie. Depuis sa création en 2258, la qualité de vie n'a pas cessé de s'améliorer. Comment vais-je pouvoir juger et prendre parti en si peu de temps ?

Jamais, je n'avais encore douté des objectifs du CUP ni même des moyens mis en œuvre.

— AlicE, es-tu prête ? On y va ! retentit la voix de NorandrA.

Ramenée à la réalité, je glisse la lettre sous mon matelas. J'enfile *in extremis* la tenue que me propose le dressing et file au restaurant, complimentant encore NorandrA sur son élégance.

J'ai toujours été très proche de mes amies et voudrais leur parler de la lettre, certaine de pouvoir leur faire confiance. Mais abasourdie par ces révélations, je ne peux m'exprimer. Sur le trajet, j'écoute donc distraitement NorandrA, qui pourtant semble encore vouloir capter toute mon attention :

— Tu sais AlicE, j'y pense souvent ces derniers temps… J'aimerais faire une demande d'accueil d'enfant. Ma mère et mon grand-père ont tous les deux fait leur demande très jeune, si bien que dans notre famille, nous sommes très complices et soudés par nos âges rapprochés. Je souhaite avant tout que l'on puisse continuer à vivre ensemble, mais comme je sais que tu aimes aussi beaucoup les enfants… Qu'en dirais-tu ?

Je me fige brusquement et fixe NorandrA d'un regard ahuri. Trop d'informations et de situations incongrues se chevauchent. C'est plus que ce que je peux assimiler.

Pourtant, je dois me reprendre, vite, le visage inquiet de NorandrA me culpabilise déjà. Alors qu'elle se livre intimement à moi, je réagis de la pire manière, ne manifestant ni joie ni entrain. Je respire profondément, tout en contrôle pour stopper le tourbillon de pensées qui me détournent du moment présent. Mécaniquement, j'esquisse un sourire et réponds enfin à NorandrA, visiblement anxieuse :

— Un bébé ? Je serais vraiment plus que ravie de partager avec toi l'éducation d'un enfant. C'est vrai que nous sommes encore jeunes, mais nous pourrions faire la demande dès l'année prochaine ?

— Tu es sérieuse ? Tu es vraiment partante ?

— Mais oui ! J'adore les enfants, et même si ce bébé ne sera pas le mien, je l'aime déjà ! Tu voudrais une fille ou un garçon ?

— Wahoo, tu commences à me stresser, là. Je n'ai pas encore vraiment pensé au sexe. J'étais tellement angoissée à l'idée de t'en parler que j'avais du mal à me projeter… Mais tu veux y réfléchir un peu tout de même ou est-ce qu'on annonce déjà la bonne nouvelle à tout le monde ?

NorandrA frise l'hystérie. Cette conversation est complètement surréaliste. J'ai intimement l'impression de n'être plus qu'une spectatrice de cette scène. Je ne tiens plus les ficelles de mon personnage, qui pourtant joue son rôle à merveille. Pourquoi NorandrA a-t-elle choisi ce moment-là pour me proposer un tel projet ? Le temps précipite les évènements et moi avec, dans un entonnoir d'incertitudes. Il me semble vain de lutter contre le flux de la vie…

— Bien sûr, annonçons la bonne nouvelle !

Ce n'est pas ce soir que je pourrai parler de ma lettre. Je pèserai donc seule le pour et le contre du sabotage du projet de *voyage historique*.

*

* *

Nous arrivons bonnes dernières au restaurant. La cuisine y est généralement excellente et l'ambiance chaleureuse. J'adore venir ici. Apparemment, la première tournée a déjà égayé les esprits. La soirée s'annonce insouciante. C'est exactement ce dont j'ai besoin : abuser peut-être d'un peu d'alcool et d'euphorisants, et jouir pleinement de la présence de mes amies. Si seulement cette complicité pouvait suspendre le temps.

*

* *

Le lendemain matin, encore profondément endormie, DomO m'extirpe des limbes :

— Bonjour AlicE, il est déjà huit heures. Il faut te lever. Les informations de ce matin, jeudi 20 octobre, sont excellentes. Mme le Maire de Paris vient d'annoncer le programme des festivités pour le Nouvel An. Tout le quartier sera à la fête. La bande-annonce t'attend sur la table du petit-déjeuner. La météo a prévu une température matinale de quinze degrés à dix heures et cet après-midi il fera au maximum vingt-trois degrés à quinze heures, soit plus de cinq degrés au-dessus des normales saisonnières. L'été indien se prolongera encore pendant six jours au cours desquels le soleil et la douceur domineront Paris. Par ailleurs, ta grand-mère LéA souhaiterait que tu la rappelles ce matin.

Je suis inquiète. Pourquoi grand-mère veut-elle me parler ? Ce n'est pas dans ses habitudes d'appeler de si bonne heure. Et pourquoi ne m'a-t-elle pas simplement laissé un message sur mon i-*Me* ? J'hésite un instant à prendre ma douche pour chasser une appréhension grandissante. Mais non, non. Il faut que je l'appelle tout de suite.

Au salon, le désordre évident ne me laisse pas indifférente. J'active donc l'électro-rangement. Il permet, grâce aux électro-aimants contenus dans chaque objet, de les repositionner à leur emplacement de référence, défini par les propriétaires. Ainsi, dès que le champ électromagnétique à orientation ciblée d'une pièce est enclenché, chaque objet retourne à sa place. Mais ce système ne permet pas de ranger les objets qui devraient se ranger dans une autre pièce, inactivée. Ils sont alors discrètement stockés dans une zone tampon, jusqu'au prochain électro-rangement. Il est donc préférable d'activer l'électro-rangement de tout l'appartement en même temps, lorsqu'on est le dernier à quitter l'appartement.

À défaut d'avoir les idées bien ordonnées, mon salon est impeccablement rangé. Assise dans le canapé je demande à DomO d'appeler LéA. Une connexion à trois s'établit alors, ma grand-mère étant déjà en communication avec mon père :

— Bonjour AlicE, merci de m'avoir rappelée si vite. Comme je viens de l'annoncer à ton père, MamidY nous a quittés cette nuit, d'une mort naturelle et sans souffrir. Dans son sommeil. Elle avait prévu sa fin de vie en février. Enfin, tu le savais. Mais apparemment, la vie en a décidé autrement. La crémation aura donc lieu samedi. Tu n'as pas d'empêchement ? Désolée pour ce réveil abrupt.

Bien que pressentie, cette nouvelle me glace. Les morts naturelles sont si exceptionnelles de nos jours que j'en avais presque oublié qu'il m'était également possible de mourir du jour au lendemain. Et puis, je m'étais préparée à lui faire mes adieux en février, dans plus de quatre mois. Frustrée et vexée, je ressens cette fin comme une trahison.

— Oui, samedi m'ira très bien.

— La cérémonie aura lieu comme MamidY l'avait prévue pour février, continue LéA. Elle se déroulera aux Hespérides, dans son quartier. Je vous transmettrai toutes les informations nécessaires dans la journée.

— Peut-on aider ? demande alors mon père.

— Non, tout est déjà fait ! Ses dernières volontés étaient déjà enregistrées par l'opérateur domotique de sa chambre. Un droïde apportera cercueil, couronnes et bouquets de fleurs demain midi au funérarium, afin que nous puissions la voir une dernière fois. La mise en bière aura lieu samedi à dix heures. Elle avait également déjà choisi les vêtements qu'elle voulait porter pour ce grand jour. Le traiteur et la salle sont déjà réservés. Elle avait vraiment déjà tout prévu, y compris la liste des invités. Votre i-*Me* ne devrait pas tarder à recevoir toutes les informations nécessaires. Les vêtements, bijoux et mobilier de MamidY seront proposés aux personnes à qui elle les destinait. Les objets non attribués ou refusés seront ensuite à la disposition de ses proches. Le CUP coordonne parfaitement le processus.

— Effectivement, tout semble bien organisé, je constate. Mais quand as-tu appris la nouvelle ?

— Il y a deux heures, je me lève tôt, je vous le rappelle.

— Vous voulez venir dîner chez moi ce soir ? propose mon père.

— Bonne idée, répondons-nous.

— À ce soir alors, conclut mon père, bisous à toutes les deux.

Intriguée par cette inhabituelle agitation matinale, NorandrA entre alors au salon. Je l'informe difficilement, l'émotion m'étreint encore.

— La crémation aura lieu samedi. Tu viendras, hein ?

— Évidemment ! Mais ça va toi, tu n'es pas trop triste de ne pas lui avoir fait tes adieux ?

— Si ! Je savais bien qu'elle allait bientôt mourir, et c'est ce qu'elle voulait. Mais je m'étais préparée pour février. Mourir sans prévenir et quatre mois avant l'heure… C'est étonnant, non ? Cela n'aurait pas dû se passer comme ça ! Je sais que les morts naturelles peuvent arriver, mais je ne m'attendais pas à ressentir une telle violence.

Les yeux humides, je me lève et attrape un mouchoir sur la table.

— Je sais, me répond tendrement NorandrA en me prenant dans ses bras. Elle avait quel âge déjà ?

— Cent vingt-quatre ans… Ne t'en fais pas, ça va aller. C'est juste que cette semaine, rien ne se passe comme d'habitude et là, ça commence à faire beaucoup. Allons prendre le petit-déjeuner, tu as un peu de temps ?

— Pour toi ? Toujours !

NorandrA est toujours présente quand il faut. Elle sait trouver les mots justes, jamais moralisatrice ni moqueuse. En deux temps trois mouvements, elle nous prépare un copieux petit-déjeuner malgré mon appétit de moineau. Des mini-viennoiseries chaudes sortent du four et un thé Darjeeling fumant me donnent du baume au cœur. NorandrA me verse aussi un grand verre de MatinPluS que je fixe d'un air exaspéré. Il va falloir prendre rapidement une décision concernant ces prétendues vitamines. Je ne suis pas du genre à procrastiner, quelles que soient les circonstances.

Bien qu'alimentant à elle seule toute la conversation, NorandrA achève déjà son petit-déjeuner alors que le mien stagne. Le verre à moitié plein de NorandrA m'offre alors la solution. Je vais progressivement diminuer les quantités de MatinPluS pour me sevrer sur trois semaines.

Dissimulant ce choix à NorandrA, je lui propose :

— Je ne voudrais pas te mettre d'avantage en retard, vas-y, file. Je vais prendre ma douche avant de terminer. Je débarrasserai après. Merci pour ce somptueux petit-déjeuner. On devrait se faire plaisir plus souvent.

— D'accord. Mais ce soir, on sort se changer les idées, d'accord ?

— Mon père nous a déjà invitées à dîner avec ma grand-mère, tu peux venir ?

NorandrA opine avant de se sauver.

Sous la douche, je repense à tous les bons moments passés avec mon arrière-grand-mère. Nous partions souvent en vacances toutes les deux. Elle était toujours prévenante et cédait à tous mes caprices. Je l'aimais vraiment beaucoup et n'ai pas su la remercier suffisamment pour toute son affection. Coupant court avec le passé, DomO me demande si tout va bien. C'est son habitude lorsque je m'éternise. Je réalise alors qu'il est tard et sèche mes larmes. Il faut que j'accélère le rythme. J'enfile en vitesse les vêtements que me propose mon dressing et vide le reste de MatinPluS dans l'évier sans me poser de question.

*

* *

J'arrive au bureau avec une bonne demi-heure de retard. Heureusement, je n'ai pas de réunion ce matin. Ce retard est exceptionnel, XalieR ne me le reprochera sûrement pas. Par précaution, je passe tout de même rapidement dans son bureau l'informer de l'évènement.

Installée à mon bureau, mon i-*Me* affiche les dossiers à traiter. Comme attendu, celui de ma grand-mère est là. Je découvre également les objets que MamidY m'a spécifiquement attribués, mais n'ai pas envie d'y prêter attention pour le moment. Après avoir activé le mode partage avec NorandrA, je m'empresse de le refermer. Mon i-*Me* me rappellera bien assez tôt que je n'ai pas encore statué sur ces objets.

Un message de DenniS m'invite alors à venir chez lui ce soir. J'aurais préféré passer la soirée chez lui, plutôt que chez mon père. Finalement, après lui avoir exposé la situation, il accepte de reporter à demain soir.

D'habitude, les semaines s'enchaînent dans une routine bien huilée. Mais depuis lundi, je ne recense pas moins de sept évènements extraordinaires. Je fais partie d'un protocole expérimental ou quoi ? Si la semaine prochaine continue sur cette lancée, je plaque tout pour un séjour sur Titan.

De tempérament calme et réfléchi, mon irritation n'en est que plus insupportable. Le manque de MatinPluS me semble trop récent pour être déterminant. Mais l'éventualité du lien me bouleverse. L'idée que le CUP puisse droguer massivement la population m'anéantit. Je me demande à présent ce que pourrait cacher la devise du CUP : « Paix, Technologie et Santé ». La formulation masque-t-elle une doctrine perverse ? La Paix se nourrit de citoyens dociles, mais avec quel cynisme la Technologie influence-t-elle les performances et les motivations ? Jusqu'où le CUP est-il prêt à maquiller la Santé pour optimiser le fonctionnement de bons petits ouvriers, des fourmis dévouées à leur reine fondatrice ?

Depuis ma plus tendre enfance, je suis imprégnée de slogans du CUP. Le plus pernicieux m'a le plus marquée : « Pour vous, pour le mieux, dans le meilleur des mondes. » Il sonnait comme un appel à la mobilisation de chacun pour le bien collectif. Maintenant, je l'entends comme un argument d'autorité, une justification qui permet d'éluder le contenu. Quelle ironie, quelle duperie de la nature humaine !

C'est décidé. Je vais saboter ce satané projet de *voyage historique*.

Je n'ai rien à perdre.

Si ma belle inconnue dit vrai, je dégage ma responsabilité dans de futurs massacres. Sinon, ce projet ne verra de toute façon jamais le jour, et alors, peu importe qu'il soit bâclé.

D'habitude, chacun m'envoie son compte-rendu peu de temps avant que je compile le tout. Mais cette semaine, je vais essayer de collecter les comptes-rendus plus tôt, pour mieux pouvoir les modifier. Il faudra occuper mon équipe à autre chose vendredi. Cela ne devrait pas être très compliqué, l'absurdité de ce projet est partagée. Je demanderai ensuite à chacun de rechercher de nouvelles idées de séjours, originales et attractives cette fois. Finalement, travailler sur ce projet sera plus créatif que prévu.

J'entame donc ma tournée générale, prête à torpiller

un projet pour la première fois de ma carrière. Ça me plait bien.

*
* *

Après cette journée atypique de travail, je regagne mon appartement, encore animée par l'excitation de la transgression.

NorandrA m'accueille chaleureusement :

— Ah, te voilà. Comment s'est passée ta journée ? Pas trop dur ?

— Je suis arrivée super tard ce matin, mais XalieR a eu l'air compréhensif. C'est vraiment curieux, tu sais, je n'arrive pas à intégrer le fait que MamidY soit morte. Après la crémation, je verrai sûrement sa disparition sous un autre angle.

— C'est normal, la nouvelle a été si brutale ! Regarde, je t'ai sorti une belle tunique pour ce soir. Tu veux prendre une douche, un p'tit verre, avant d'y aller ?

Son attention est touchante. Dans ces circonstances, je n'ai pas l'impression de lui rendre la pareille. J'ai de la chance de l'avoir comme colocatrice. Je la sens sur le départ et lui suggère de partir le plus tôt possible. Sitôt dit, NorandrA fait appel à un aéropropulseur. Le trajet jusqu'à chez mon père n'est pas très long, nous pourrions y aller à pied, mais j'ai rarement l'occasion de me déplacer en aéropropulseur. NorandrA sait que j'adore ce mode de transport, rapide et fluide grâce à ses suspensions à antigravité. Ce soir, nous allons donc en profiter un peu.

En bas de chez nous, l'aéropropulseur n'attend plus que nous. Entièrement automatisé, ce petit système aéroporté s'engage rapidement dans son couloir aérien. Le vol s'ajuste en temps réel, tenant compte des itinéraires de chaque aéropropulseur, ainsi que des programmations inopinées des nouveaux itinéraires. Nous naviguons tranquillement à quinze mètres au-dessus du sol, afin de ne pas perturber le déplacement des piétons. J'aime la vue qui s'offre à nous et l'agilité de l'aéropropulseur. Sans secousse ni accélération brusque, il file, procurant une sensation de puissance et de liberté.

Bercée par notre trajectoire sinueuse, je pense à mon père. AlexandrE, soixante-huit ans, travaille également au CUP. Plus âgé, il ne vit pas dans un quartier conçu pour des résidents d'âge et d'activités similaires. J'ai toujours été très proche de mon père et m'inquiète de savoir comment il gère la mort de MamidY. Très émotif, presque mélancolique, il semble imprégné d'un monde vif en couleurs.

J'ai toujours finement perçu le ressenti de mon entourage. Cette sensibilité me permet avec aisance et rapidité de cerner ce que chacun perçoit et ressent. C'est probablement pour cette raison que j'obtiens d'aussi bons pourcentages de satisfaction pour mes séjours, car je sais répondre aux besoins des vacanciers, avant même qu'ils ne les formulent. Pourtant, les modifications apportées au génome humain par le CUP ont eu tendance à lisser les traits de caractère. Moins impulsifs ou inconstants pour les colériques ou les sanguins, ou encore plus vifs ou plus optimistes pour les lymphatiques ou les nerveux. Les sentiments de chacun sont donc certainement moins extériorisés qu'ils ne l'étaient auparavant.

Le CUP s'est également attaché à éradiquer les profils dits « miroirs ». Bien que très intelligentes et vives d'esprit, les personnes de ce type de profil manifestaient un comportement égocentrique. Par opportunisme et paresse, ces individus n'agissaient que dans leur propre intérêt, adaptant leurs attitude et comportement aux circonstances, sans états d'âme ni remords. Après l'effondrement du système capitaliste, les limitations individuelles et collectives de ces individus-miroirs étaient évidentes. La sélection opérée par le CUP a donc naturellement eu pour but d'empêcher la génération de tels individus.

*

* *

Je suis surprise par l'ambiance joviale qui règne chez mon père. C'est probablement grâce à ma petite sœur de huit mois, la fille de la colocatrice de mon père. Elle est donc plus exactement ma quart de sœur. À peine avons-nous franchi le seuil de la porte, qu'elle nous adresse déjà un sourire radieux. Nous prenons place au salon, en compagnie de ma grand-mère. Je ne viens pas très souvent ici, pourtant je m'y sens bien.

Attirée par l'agitation constante de l'enfant, je lui tends les bras, l'incitant à venir jouer avec moi. Mais au même moment, NorandrA s'agenouille près d'elle et lui offre un petit miroir à mémoire. Ce jouet permet de refléter les images qu'il reçoit pendant quelques secondes, en les superposant successivement. Je ne peux lutter contre cette tentation redoutable, qui permet à NorandrA d'accaparer toute l'attention de ma sœur.

Interrompant le jeu, DomO fait savoir :

— AnaëllE a sommeil, il faudrait la coucher.

Grâce à la conception *in vitro* des bébés, il est relativement aisé d'introduire très tôt au cours du développement embryonnaire des femtoprocesseurs à l'intérieur du cerveau. Une fois connecté aux réseaux neuronaux, ce dispositif permet de connaître les besoins de l'enfant. Qu'il ait faim, soif, peur ou réclame simplement un câlin, DomO prévient des soins à prodiguer. Le change également est réalisé sur ses conseils, grâce aux indications fournies par les couches garnies de microcapteurs. Ainsi, jusqu'aux deux ans d'un enfant, DomO permet de répondre à ses besoins primaires. Puis, au cours de la troisième année, la complexification des réseaux neuronaux ainsi que le développement de la parole supplantent progressivement DomO.

Mon père récupère alors ma petite sœur et la dépose dans son couffin. Instantanément, le cocon isophonique et isotherme se referme et commence à bercer l'enfant. Calme et détendue, elle est belle. L'heure du prochain réveil s'affiche. AnaellE est partie pour sa nuit et ne se réveillera qu'à six heures trente demain matin. Dommage, nous aurions dû arriver plus tôt pour profiter davantage de sa présence.

À table, ma grand-mère nous annonce d'un air malicieux qu'elle est dépositaire du dernier message de MamidY ! Selon la coutume, lorsque sa fin de vie est proche, chacun enregistre un message à ses proches, afin de leur transmettre ses ultimes désirs, évoquer le bonheur d'un souvenir ou un remords. Nous sommes évidemment tous impatients d'entendre son message. Cependant, à l'unanimité, nous décidons d'attendre le dessert pour le visionner. Entre-temps, toutes les spéculations sur son contenu vont bon train, et chacun se remémore le plus fort moment qu'il ait vécu avec MamidY.

Encore enchantée par les vacances que nous passions

tous les deux ans ensemble, je m'attarde alors sur celles qui marquèrent mes sept ans. Une croisière sur le Nil. Il y avait beaucoup d'enfants de mon âge. Je leur avais appris comment chiper des gâteaux dans les coursives, sur le pont et même dans les cales. Je passais mes journées entières à jouer, c'était fabuleux. Abou Simbel et felouque étaient devenus mes mots fétiches, que je déclinais même en verbe ou en adjectif. Surtout, je me rappelle que MamidY, qui jurait couramment, m'accordait la permission d'emprunter son vocabulaire. L'insouciance de mon âge, les libertés nouvelles dont j'abusais certainement, ainsi que la majesté des paysages plus improbables les uns que les autres ont marqué mon imaginaire à vie !

*

*   *

Les souvenirs nourrissent le repas, chaque bouchée alimentant les pensées. Progressivement, la convivialité fait place à la nostalgie. Nous sommes prêts à visionner le dernier message tant attendu.

MamidY y apparaît radieuse, en holographie. Cette proximité fictive est étrange. Je devrais pourtant profiter de ce dernier moment avec elle, mais cet échange unidirectionnel renforce ma frustration de sa mort prématurée.

À la suite d'un long silence, comme si elle attendait que chacun de nous se taise pour l'écouter, MamidY évoque, à son tour, les meilleurs moments de vie passés avec nous. Suscitant tour à tour joie, tristesse et regrets, elle transmet un témoignage chaleureux et émouvant, puis s'éteint pour toujours.

7

Implication

Surgissant encore de nulle part, le timbre métallique de DomO m'interpelle sournoisement :

— Bonjour AlicE, il est déjà huit heures. Nous sommes vendredi 21 octobre.

J'enfouis ma tête sous mon oreiller pour échapper à ce rabâchage quotidien. Mon i-*Me* s'active à son tour, j'aperçois un message de DenniS : « Je te prépare une surprise pour ce soir, j'espère que tu n'as pas le vertige ! Je t'embrasse fort. » Qu'a-t-il bien pu encore aller chercher ?

Ce matin, je ne bois encore que les trois quarts de mon verre de MatinPluS.

*
* *

Toujours soucieuse de l'identité de ma mystérieuse inconnue, mais moins impatiente du résultat que les jours précédents, je pose mon casque d'échange cérébral sur ma tête et me remémore le plus finement possible son visage. Grâce à ce casque, une interactivité rapide et intuitive est établie entre mon cerveau, mon i-*Me* et mon ordinateur de bureau. Doté d'émetteurs récepteurs, ce casque a révolutionné les capacités intellectuelles de chacun et a également diversifié les domaines d'application de la cybernétique.

Il faut que je me concentre sur l'expression de son visage plus que sur ses caractéristiques, très facilement modifiables. Je la visualise à table, lors de notre première rencontre, fixant son assiette. Je dois me concentrer. Faisant abstraction de toute autre pensée, j'imagine alors son visage sous différents angles.

Une concordance avec une image du réseau s'affiche ! Je n'en reviens pas, c'est bien elle.

La porte de mon bureau s'ouvre brusquement. SaraH vient me remettre son rapport. Contenant avec peine ma joie, j'assombris précipitamment mon bureau pour l'empêcher de voir le portrait. Un sourire imperceptible traverse mon visage.

— Bonjour AlicE. Voici ma partie du projet. Je suis très satisfaite des modèles de vêtements à recréer. En travaillant sur ce sujet, j'ai d'ailleurs eu l'idée d'un nouveau concept de vacances sur la « *création stylistique* ». Ce serait l'occasion de présenter aux vacanciers les différents styles vestimentaires qui ont accompagné les grandes civilisations, de l'Antiquité au postmodernisme. Ensuite, les vacanciers pourraient dessiner leurs propres créations.

Ils rentreraient chez eux avec des souvenirs originaux et très personnels.

— C'est une excellente idée SaraH. Merci pour cette initiative. Tu devrais en parler aux membres de l'équipe pour stimuler leur créativité. Pourrais-tu t'assurer par la même occasion qu'ils se hâtent de me remettre leur rapport ?

Je suis rassurée. Avec un peu de pression, ils vont vite boucler leur travail pour penser à autre chose.

*

* *

Enfin seule, je réactive mon bureau. Le portrait de cette femme au mystère évanescent est toujours là. CassandrA Lecloserie. Enfin un nom sur ce visage qui me hante depuis quatre jours. Elle travaille bien au CUP, dans mon bâtiment, juste cinq étages au-dessus. Il me suffirait simplement de monter…

Coupant court à toute velléité d'intervention, YanN, NicolE et FlorienT entrent bruyamment dans mon bureau m'apporter leurs rapports. Je regrette d'avoir instauré une remise en mains propres. D'habitude, je préfère que chacun m'apporte en personne son travail pour avoir un résumé oral et échanger brièvement quelques commentaires informels. Mais aujourd'hui, je n'ai pas l'intimité dont j'ai besoin, une i-*Transmission* m'aurait convenu.

Je réceptionne les rapports sèchement, sans poser de questions, et remercie ces trois parasites. J'espère au moins qu'ils ont bien sabré le projet.

Malgré mon désir pressant d'interroger CassandrA, je décide de m'atteler sans plus attendre à compiler perfidement tous ces rapports.

En un temps record, j'efface la majorité des informations pertinentes et mets en valeur les difficultés à surmonter, notamment le terrain où il faudrait attendre la croissance des arbres et l'accréditation sanitaire. J'insiste sur la nécessité de vivre en grande promiscuité avec les animaux, à plusieurs dans des habitations insalubres... En deux heures de travail, je me surprends à prendre goût à l'exercice. Un sentiment de revanche personnelle contre M. Nector m'envahit. Lui qui avait tant insisté pour que ce projet reflète le meilleur de moi-même, c'est vraiment burlesque. Je n'aurai finalement pas perdu mon temps cette semaine.

Le projet paraît à présent compliqué et fastidieux à réaliser. Je ne peux en faire davantage sans paraître ouvertement désinvolte. J'espère juste que personne n'aura l'idée de comparer mon rapport final avec ceux de mon équipe !

Avant de remettre le projet à XalieR, je cède à l'envie de transmettre un message à CassandrA. Je vais utiliser ses méthodes et lui écrire un message temporellement limité, sur papier oxydatif. C'est exactement l'outil qu'il me faut. Ce papier est essentiellement composé de nitrocellulose et est confectionnée sous une atmosphère anaérobie. Ainsi, une fois sorti de son emballage, son oxydation altère en trente minutes ses propriétés cohésives. Il se désagrège alors complètement, sans même laisser de poussière.

Au secrétariat, deux petites pochettes sous vide de papier oxydatif n'attendent que moi. Je réalise alors soudainement qu'il est anormal que mon i-*Me* n'ait pas reconnu ma description mentale de CassandrA avant aujourd'hui. Ne m'étais-je pas suffisamment bien focalisée sur son visage, ou aurait-elle facilité son authentification aujourd'hui pour m'inviter à venir vers elle ?

Simplement et clairement, j'écris donc sur le papier oxydatif : « Je veux vous parler. AlicE. » J'ai à présent moins de trente minutes pour le lui remettre. En vitesse, je quitte mon bureau et croise DenniS devant le distributeur de boissons. Sans vraiment m'arrêter, je lui murmure : « Merci pour ton message. Je n'ai pas le temps de prendre un café maintenant, mais je n'ai pas peur du vide ! À ce soir... » Quelque peu surpris par ma précipitation inhabituelle, il sourit timidement.

L'ascenseur s'ouvre au seizième étage quand je réalise, que je n'ai peut-être pas l'autorisation d'accéder à cet étage. Si tel est le cas, peu après mon entrée, un contrôle sera opéré. Qu'à cela ne tienne, je prétexterai n'avoir pas fait attention, m'être trompée d'étage. Mon air assuré ne doit pas permettre le doute quant à ma présence ici.

En passant devant la porte vitrée du bureau de CassandrA, je ralentis mon allure, anxieuse. C'est gagné. Non seulement elle est là, mais en plus, elle y est seule et lève la tête en me voyant passer. D'un mouvement discret de la main, je l'invite à me suivre.

Je me rends aux toilettes, lentement, laissant le temps à CassandrA de me rejoindre. Seules à l'intérieur, CassandrA s'approche, le regard sombre et lourd. Ignorant le message que je lui tends avec hésitation, elle me prend de court :

— Retrouve-moi ce soir à l'EuphorisiA, à dix-neuf heures.

Sur cette injonction des plus inattendues, elle s'enferme dans une toilette.

Abasourdie et excitée à la fois, je regagne mon bureau. Ce soir, vais-je enfin pouvoir poser toutes les questions qui me taraudent depuis la lecture de sa lettre ? Comment le CUP a-t-il pu arriver à vouloir réintroduire de la violence dans notre société, où chacun s'y épanouit enfin librement et en paix ?

*

* *

J'inspire profondément et envoie mon rapport à XalieR. Ça y est, j'en suis enfin débarrassée. Il fait maintenant partie de l'histoire ancienne et j'espère ne plus jamais en entendre parler. Quelle satisfaction !

Mon pensum a été chronophage, je n'ai plus le temps de repasser à l'appartement avant d'aller à l'EuphorisiA, un bar tout près de mon bureau. Je vérifie via mon i-*Me* ce que me propose mon dressing pour la crémation de MamidY. Deux tenues plus que parfaites pour l'occasion me sont proposées. Je ne sais pas pourquoi j'anticipe une éventuelle pénurie vestimentaire, je n'ai encore jamais eu à me plaindre des choix de mon dressing. Je préviens également NorandA que je rentrerai tard ce soir.

Pour occuper ma dernière demi-heure, je décide d'enregistrer un hologramme-surprise pour DenniS. J'ai besoin de légèreté, de joie espiègle. Je me place devant mon bureau et m'enregistre mimant MaryliN MonroE retenant sa jupe qui s'envole : « Bonsoir DenniS, je pensais justement à toi… Je vais aller prendre l'apéro avec une collègue, et passerai après. Tu m'attendras ? J'espère que cela ne perturbera pas le vide. Je t'embrasse. » De retour derrière mon bureau, j'active l'adaptation holographique :

robe blanche, maquillage et mise en plis, puis lance l'application dans mon bureau. Le rendu est parfait. J'envoie le tout à DenniS. L'hologramme s'exécutera automatiquement dès qu'il sera seul, dans son bureau ou chez lui.

8

L'EuphorisiA

Lorsqu'enfin dix-huit heures quarante-cinq s'affichent, un malaise sourd m'étreint. L'inquiétude vient se mêler à la curiosité et l'impatience. Nerveusement, j'ordonne rapidement mes affaires et tombe sur XalieR en quittant mon bureau. Absorbée par mes pensées, je ne l'ai pas vu venir.

Apparemment soulagé, il m'annonce sans ambages :

— Bon travail AlicE. J'ai parcouru votre rapport. Il a l'air très détaillé et complet. Je l'examinerai lundi, avant de le transmettre à M. Nector. Merci d'avoir traité ce projet, un peu particulier, avec toute la considération qu'il méritait.

— Mais de rien. C'est normal, c'est mon travail ! J'ai scrupuleusement suivi le cahier des charges. J'espère que M. Nector sera satisfait de toute l'attention et du soin que j'y ai apportés.

— Vous avez des projets pour ce week-end ?

— J'incinère mon arrière-grand-mère demain.

— Ah oui, c'est vrai, j'avais complètement oublié. Je suis sincèrement désolé. Toutes mes condoléances. Je suis vraiment maladroit. Si vous avez besoin de vous changer un peu les idées, j'organise un grand buffet chez moi dimanche midi. N'hésitez pas à venir, cela me ferait plaisir. Voilà, je vous transmets l'invitation sur i-*Me*.

— Merci, pourquoi pas ? Tout dépendra de ce qu'organisera mon père. Je préfère ne rien prévoir de définitif pour le moment. Excusez-moi, mais je dois vous laisser. Je dois passer voir SaraH avant qu'elle ne parte. À dimanche alors, peut-être ?

— Comme bon vous semblera. Bon week-end, enfin je veux dire… j'espère que tout se passera au mieux.

Débarrassée de XalieR, j'attends quelques instants dans le couloir, le temps qu'il parte, faisant semblant de consulter mon i-*Me*. Heureusement, je ne croise personne d'autre en chemin et arrive à l'EuphorisiA, ponctuelle.

La grande porte d'entrée du bar, une porte vitrée finement ouvragée en fer forgé, s'ouvre à mon approche. Un homme élégamment vêtu m'accueille :

— Bonsoir, AlicE, vous êtes attendue au premier étage.

Je suis stupéfaite. Après tant de précautions et de discrétion, j'ai l'impression d'être maintenant au centre de toutes les attentions.

En entrant, j'observe attentivement chaque personne de l'assistance, à l'affût de je ne sais quel piège éventuel, puis gravis avec circonspection les marches menant au premier étage. Mon appréhension grandissante étouffe à présent tout sentiment de curiosité. À l'initiative de cette rencontre, j'avais jusqu'à présent le sentiment de maîtriser la situation, mais maintenant je me sens instrumentalisée.

Seule à l'étage, CassandrA est confortablement installée dans un grand fauteuil, face à la rue. L'endroit est cosy. D'un geste de la main, elle m'invite à m'assoir à ses côtés. Apparemment, un cocktail m'attend aussi. Douce attention.

— Bonsoir AlicE.

— Bonsoir.

— J'ai beaucoup de choses à te dire. Je vais donc être franche et directe avec toi. Ce que nous t'avons appris dans notre lettre ne correspond qu'à la partie émergée de l'iceberg. Je suis là ce soir pour t'apprendre toute la vérité sur le fonctionnement de notre société, son mode opératoire et le mouvement dans lequel ta vie s'inscrit. Mais tout d'abord, j'aurais une question à te poser. Es-tu heureuse et satisfaite de la vie que tu mènes ?

— Mon arrière-grand-mère vient de mourir. Le moment n'est pas des plus opportuns pour répondre à cette question. Mais, abstraction faite de ça, je pense effectivement être très heureuse et satisfaite de la vie que je mène. Pourquoi ?

— Penses-tu que ton travail soit réellement utile ?

— Tout le monde a besoin de prendre des vacances ! Il faut bien que quelqu'un les organise.

— Penses-tu réellement qu'aujourd'hui, en 2661, notre société ait encore besoin d'inventer de nouveaux projets de vacances ?

— La preuve ! Dans mon service, il y a six personnes dévolues à l'organisation des week-ends, cinq pour les séjours d'une semaine et cinq pour les séjours de dix jours, mon équipe. Sans oublier deux autres personnes encore qui centralisent et coordonnent le tout.

— Ne penses-tu vraiment pas, insiste CassandrA, qu'aujourd'hui et depuis longtemps, suffisamment de personnes ont déjà conçu tous les types de séjours envisageables ?

Je n'ai en effet jamais pensé à me renseigner sur l'historique des séjours organisés par le CUP. Pourtant, il doit bien y en avoir un. Trois ans avant mon arrivée, le service a entièrement été réorganisé et toute l'équipe a été renouvelée. Je n'ai pas beaucoup d'informations sur les activités de mes prédécesseurs. XalieR ne cesse d'ailleurs de me répéter que nous devons tous faire appel à notre créativité pour aller de l'avant. J'ai donc toujours été centrée sur mes idées, plus que sur celles de mes prédécesseurs.

— AlicE, combien de séjours différents organises-tu par an ?

— Une petite centaine par an.

— Et lorsque toi, tu veux partir en vacances, retrouves-tu les séjours que tu as conçus ?

— Bien évidemment ! Parfois longtemps après leur création, mais je ne vois pas pourquoi on ne me les proposerait pas à moi aussi ?

— Es-tu déjà partie avec une de tes formules ?

— Bien sûr.

— Et cela correspondait-il exactement à ce que tu avais organisé ?

— Oui, presque. Entre nos directives et les mises en pratique, il me semble normal qu'il y ait des différences. Mais je ne vois vraiment pas où vous voulez en venir.

— Ton travail et celui de ton service n'ont en réalité pour unique vocation que de vous occuper, non celle de concevoir de nouvelles destinations de vacances. D'ailleurs, la probabilité pour que tu puisses concevoir un séjour inédit est infime vu la base de données existante. Mais vous ne vous en êtes bien sûr pas aperçus. Le CUP fait beaucoup d'efforts pour que chacun se sente utile. Je suis là aujourd'hui, en face de toi, pour t'ouvrir les yeux. Tous les emplois ou presque sont fictifs. Mais surtout, sache qu'il existe non pas une ville qui s'appelle Paris, mais cinq. Il existe cinq Paris identiques, construits les uns à côté des autres. Ces Paris sont des copies conformes les unes des autres. Ils ont exactement la même urbanisation et mieux encore il y vit exactement les mêmes individus, c'est-à-dire des personnes du même âge, même patrimoine génétique et vivant dans le même environnement. En effet, le CUP attribue à chaque habitant de chacun des Paris le même appartement, la même famille, le même travail, tout… Ici, nous sommes dans le Paris numéro trois et tu as donc quatre clones qui vivent en ce moment et depuis toujours exactement les mêmes choses que toi.

Incrédule devant l'énormité de ces improbables propos, je continue néanmoins à l'écouter, sans oser l'interrompre, attendant de voir jusqu'où elle va aller :

— Comme tu le sais, chaque grande ville est paysagée avec de grands espaces verts et des forêts en périphérie. Il est en revanche moins connu que les forêts entourant Paris sont elles-mêmes circonscrites par un grand cours d'eau, servant officiellement à alimenter Paris en eau. En réalité, cette puissante rivière constitue une barrière supplémentaire, confinant les citadins dans les limites de leur urbanité. Les départs aéroportés ont toujours lieu à partir du centre de chaque ville, soi-disant par commodité pour les utilisateurs, car ainsi plus central et donc plus accessible pour tous. Mais en réalité, cette disposition évite aux passagers de découvrir la présence des sœurs de Paris, les décollages et atterrissages se faisant à la verticale. Paris n'est pas une exception. Berlin, Londres, Los Angeles, Mexico, Milan, Montréal, Moscou, Mumbaï, New York, Johannesburg, Pékin et Washington sont également des villes pentamériques, même si leur situation géographique a été quelque peu changée par rapport à leur site historique de construction. Par ailleurs, des villes telles que Bruges, Budapest, Buenos Aires, Le Caire, Prague, Rome, Venise ou encore les grands sites touristiques tels que la baie d'Along, Monument Valley ou les abords du Nil sont devenus exclusivement touristiques. Personne n'y séjourne plus de dix jours.

CassandrA semble réciter un discours bien rodé. Ne marquant que de brèves pauses pour boire une gorgée de son cocktail, elle poursuit son monologue :

— Nous sommes en 2661, AlicE. Actuellement, notre niveau technologique est suffisant pour que personne n'ait à travailler. Les droïdes s'occupent de l'intendance. Nous sommes parvenus à tout automatiser : l'agriculture, l'élevage, l'enseignement, la santé... Il n'y a donc plus qu'une seule et unique chose qui intrigue et intéresse encore les dirigeants du CUP : décortiquer les comportements de leurs congénères afin d'appréhender l'essence même de la nature humaine. Quelles particularités nous ont-elles hissés au sommet de la chaîne alimentaire, nous plaçant ainsi au-dessus du règne animal ? Comment la conscience est-elle née ? C'est pour répondre à ces questions qu'ils ont bâti des pentamères de villes, toutes identiques et chacune habitée par exactement les mêmes personnes, des clones. Dans ces villes laboratoires, le comportement de chacun y est en réalité finement étudié, surtout lorsqu'il diffère de celui de ses clones. Un soin particulier est porté à la synchronisation de ces villes. Par exemple, récemment, en ce qui te concerne, ton arrière-grand-mère a été euthanasiée car l'une de ses quatre homologues a dû mourir naturellement. En temps normal, les programmations de fin de vie permettent de synchroniser la mort des clones. Au début, les dirigeants du CUP interchangeaient des clones entre villes homologues, à l'insu des protagonistes bien entendu, afin d'en observer les réactions comportementales. Très peu ont semblé remarquer le changement, tant leur environnement personnel et professionnel était similaire. L'unique différence s'observait sur des changements d'amitiés. En effet, 6 % des amitiés différentes d'un clone lui sont spécifiques.

— Comment ça ? Je ne comprends pas bien ? j'ose enfin demander, commençant à la prendre au sérieux. Les autres AlicE n'ont donc pas développé les mêmes amitiés que moi ? Et si une autre AlicE changeait de Paris pour venir vivre ma vie ici, elle recréerait des affinités différentes des miennes ou de celles observées dans son Paris initial ?

— Exactement, enfin presque. Si toi et les autres AlicE classiez librement vos amis par ordre de préférence, chacune de vos listes aurait statistiquement 6 % de différences entre elles. Autrement dit, ce sont ces 6 % uniquement qui te caractérisent réellement, beaucoup moins que ce que la communauté scientifique du CUP pensait. Si à présent nous t'échangions avec une autre AlicE, de Paris numéro un par exemple, tu irais naturellement rencontrer tes amis habituels, à savoir RachellE et MariE, qui vivent également ensemble dans Paris numéro un. Vous êtes toutes complices avec votre colocatrice NorandrA mais tu pourrais être restée plus proche de LucY. Enfin, tout dépend aussi du degré de liberté que vous laisse le CUP, mais tu verras cela plus tard.

— Mais, concernant les vacances, les cinq clones doivent-ils choisir les mêmes ou y ont-ils des libertés possibles ?

— Dans 94 % des cas, les choix sont identiques. Sinon, le clone qui choisit une destination différente des autres se la voit refusée, afin que tous aient le même vécu. Il est essentiel de mettre en œuvre des conditions de vie similaires aux clones de villes homologues. Le plus difficile fut justement de déterminer le degré de liberté accordé à chacun. Par exemple, si l'un des clones s'attarde davantage que les autres à un dîner, au bout de combien de temps le CUP doit-il resynchroniser les vécus et donc abréger le repas ? Différents paramètres ont été ou sont actuellement testés dans différentes villes pour déterminer les facteurs qui favoriserait les différences entre les clones ou au contraire qui les réduiraient.

— Mais si tout ce que vous me dites est bien vrai, pourquoi me révéler la vérité ? Et quel est le rapport avec le projet de *voyage historique* ?

— Ah, le *voyage historique* ! sourit fièrement CassandrA. C'était surtout pour tester ta fidélité au système, au CUP. Car saboté ou non, ce projet verra bientôt le jour. Le CUP en a besoin et nous avons ta version initiale avant sabotage.

Le but était surtout de te mettre dans la situation la plus inconfortable possible, sous pression, afin de voir si tu allais en parler à ton supérieur, à ton entourage, ou bien garder cette information pour toi seule. Surtout, nous voulions voir si tu oserais prendre le risque de braver un interdit, en sabotant ton travail et en arrêtant de boire du MatinPluS. En ce moment, tu es sous surveillance vingt-quatre heures sur vingt-quatre, comme chaque citadin d'ailleurs. Ta prise de position étant proportionnelle à la quantité de jus d'orange bue chaque matin, il était visuellement très facile de suivre le cheminement de ta pensée. À propos, sache que le MatinPluS ne contient aucune substance psychoactive additionnelle. L'ajout d'une quelconque substance serait d'ailleurs plus qu'inutile car les taux d'expression génique ont finement été adaptés grâce aux manipulations génétiques opérées par le CUP.

— Et comment ont réagi mes clones ? Ont-ils aussi saboté leur rapport aujourd'hui ?

— Oui, tous. Comme toi. La nature humaine nous pousse souvent à en savoir davantage, à prendre des risques, surtout quand le quotidien est routinier. Cela n'a donc rien de très surprenant.

Je repense alors à quel point j'avais été frustrée d'avoir perdu une semaine de travail pour ce projet. Et si l'ensemble de mon travail ne servait jamais à rien ? Si tous les projets que je conçois existent déjà, ma contribution est totalement fictive. Le monde s'effondre autour de moi mais, curieusement, je ne ressens aucune frustration. Ni rage ni inquiétude.

— Nous avons aussi déjà fait vivre des villes quintuples, composées des mêmes clones, mais vivant à des degrés d'évolution sociotechnologique différents. Ces expériences furent très enrichissantes car elles montrèrent à quel point le niveau de développement d'une civilisation influe peu sur les comportements humains. Les amitiés ou inimitiés observées étaient relativement similaires entre les différentes villes, bien qu'il fût impossible d'établir des environnements identiques, ni même proches. Bien entendu, il fallait aussi tenir compte du fait que des clones n'ont pas tous exactement la même personnalité. En effet, deux clones placés dans les mêmes conditions auront des comportements similaires, mais jamais identiques. Ces expériences ont permis de démontrer par exemple que l'anxiété et la dépression n'étaient pas des symptômes liés au développement socioculturel des sociétés, mais ont de tout temps existé et seraient davantage liées à un état d'esprit, plutôt qu'à un environnement ou à un patrimoine génétique donné. Cet état pathologique, dont la spirale infernale aboutit irrémédiablement à un repliement sur soi-même pour se défendre du monde extérieur, sclérosent les mécanismes de plasticité synaptique cérébrale et empêchent l'individu de réagir efficacement par rapport aux différentes situations environnantes.

Je l'interromps brutalement :

— Je souhaiterais rencontrer mes clones, serait-il possible de faire un échange avec l'un d'eux ? Avez-vous déjà interverti des clones de leur plein gré ?

Fixant attentivement CassandrA, je scrute dans son comportement d'éventuels signes révélateurs de déstabilisation. Est-elle sincère, manipulatrice ou tout simplement folle ? Certes, elle maîtrise parfaitement l'entretien. Mais j'ai l'impression qu'elle ne me dit pas tout.

Marquant une pause, elle paraît à présent amusée, presque hypnotisée par les multiples sphères multicolores qui nagent dans son verre. Pourtant, cela fait longtemps que l'ascension ne représente plus l'unique direction possible pour les bulles de dioxyde de carbone. J'aurais éprouvé plus de compassion pour Archimède, mais CassandrA pourrait tout de même me témoigner un peu plus de considération. Je suis peut-être la centième personne à qui elle tient ce discours, mais elle vient tout de même d'ébranler le monde dans lequel je vis, et en moins de cinq minutes. Je poursuis pour la faire sortir de sa bulle :

— Avez-vous également quatre clones qui tiennent en ce moment un discours identique au vôtre ? Les connaissez-vous ?

— Je travaille pour le CUP au niveau Direction.1. Comme tous ceux de ce niveau, je n'ai pas de clone. J'ai commencé ma carrière au niveau Direction.1 et la terminerai toujours à ce niveau. Cela implique aussi que, quelles que soient tes performances au sein du CUP, jamais tu n'y auras accès. Je vis dans une ville unique et je me déplace beaucoup, dans différentes villes, pour effectuer mes missions. Les autres AlicE discutent actuellement avec mes collègues, d'autres agents de niveau Direction.1. Ta demande de rencontrer tes clones est légitime et fréquente. Je vais en discuter avec le responsable de cette expérience et te tiendrai au courant dans les plus brefs délais. Nous devons d'abord analyser tes réactions ainsi que celles de tes clones pour trouver l'issue qui convient.

— Mais pourquoi me dites-vous tout cela, quel intérêt y avez-vous ?

— Nous voulons comprendre les comportements humains pour cerner la nature humaine. Or, c'est en temps de crise que les comportements sont les plus révélateurs. Il est souvent utile de déstabiliser, voire de détruire l'environnement dans lequel vit un individu, le priver de ses habitudes pour le sortir de sa routine. Il faut des conditions extrêmes pour révéler un comportement latent, bien qu'une observation très attentive de chacun puisse être tout aussi instructive. Si de plus on y ajoute une menace, les conditions idéales sont réunies pour démasquer la nature profonde de chacun. Le CUP explore donc différentes approches. Mais nous allons en rester là pour aujourd'hui. Je te recontacterai très prochainement. Bonne soirée.

Sans attendre une éventuelle protestation de ma part, CassandrA vide son verre d'une traite et se lève.

Un long moment, je reste assise, déboussolée et orpheline de certitudes. Rêve, cauchemar et manipulations, j'entre dans une nouvelle dimension. Je suis dans un état second, attendant que je ne sais quel miracle me ramène à ma vie d'avant. Mais rien n'arrive lorsque le temps est suspendu. Inexorablement, je ne peux que contempler le niveau de mon verre, il baisse.

Le serveur aussi semble m'avoir oubliée. La nuit est déjà tombée. Si seulement je pouvais parler à une autre AlicE, là, juste pour un petit moment. Peut-être me sentirais-je moins seule... Et si je rentrais ?

9

Phénix

Je regagne d'un pas lent et incertain mon appartement. Les rues sont désertes à cette heure tardive. Dommage, j'aurais apprécié pouvoir me fondre dans une foule grouillante, insouciante. Je ne pensais pas être restée si longtemps avec CassandrA.

Trop d'incertitudes se bousculent. Mes repères sont minés et la confiance que je vouais au CUP est ébranlée. J'oscille entre rage et abattement, vexée par mon aveuglement et humiliée par ce système. C'est de la trahison. Il faut que je redonne du sens à mon existence, que je me focalise sur ce qui m'importe réellement.

En arrivant chez moi, j'ai la surprise de trouver NorandrA et DenniS, qui apparemment m'attendaient avec impatience et anxiété. C'est vrai que je devais passer chez DenniS, j'avais complètement oublié.

— Mais où étais-tu ? Cela fait plus d'une heure que nous t'attendons. Ton i-*Me* ne fonctionne plus ou quoi ? rugit NorandrA.

— Nous étions sur le point d'alerter le CUP, renchérit DenniS. Enfin, heureusement, tu es là à présent. Tout va bien.

— Excusez-moi, mais NorandrA, je t'avais pourtant prévenue que je rentrerais tard ce soir !

— Oui, mais comme DenniS n'arrivait pas à te joindre, j'ai essayé de t'appeler aussi, et tu ne me répondais pas non plus ! On s'est inquiétés, c'est normal, non ? Mais comment est-ce possible de ne pas avoir entendu la centaine d'appels qu'on a bien dû te passer ?

Je ne me souviens pas en effet avoir consulté mon i-*Me* ce soir. Il n'est pourtant jamais défaillant. Apparemment, CassandrA se serait arrangée pour brouiller les communications lors de notre entrevue afin d'avoir toute mon attention. Lasse des subterfuges et surtout en manque d'inspiration, je me décide enfin à tout leur dire :

— Si vous me servez un bon remontant et si vous avez du temps, je peux vous raconter la plus incroyable des histoires.

D'un regard désapprobateur, NorandrA me signifie son scepticisme. En revanche, la curiosité de DenniS me vaut une tequila.

La tension retombe, NorandrA se décide à apporter des bouchées apéritives. Mon auditoire est prêt. Réconfortée par la présence de mes amis, mon humeur s'orne d'accents diserts et prolixes. Retraçant la chronologie des évènements, je dévoile alors mon incroyable semaine : la réalité du projet de *voyage historique* et les motivations douteuses du CUP, les Paris, nos clones. Sur un ton neutre et presque détaché, je décris l'improbable réalité de nos vies comme sujets d'expériences dont nous sommes les cobayes.

*
* *

Incrédules, NorandrA et DenniS posent peu de questions. Me prendraient-ils à leur tour pour une folle ? Pourtant, après un moment de réflexion, DenniS se lance :

— Personnellement, je n'y crois pas. Mais après tout, il n'y a qu'un moyen d'en avoir le cœur net. Si nous partions explorer les limites de Paris, voir de nos yeux s'il y a ou non d'autres Paris ? Si toute cette histoire est vraie, nous sommes encerclés par une rivière qui délimiterait chaque Paris. On a jamais entendu parler d'une telle rivière, mais pourquoi pas. Si en nous éloignant de Paris nous ne trouvons pas de cours d'eau, c'est que ton histoire ne tient pas debout, AlicE. Sinon, nous n'aurons qu'à traverser deux rivières pour pénétrer dans un autre Paris. Qu'en dites-vous ? J'adore la randonnée, ça va être marrant !

— Dans le pire des cas, poursuit NorandrA, que peut-il nous arriver ? Le CUP ne devrait pas nous en empêcher puisque c'est lui qui nous y pousse.

— Si CassandrA dit vrai, le CUP nous écoute déjà ! je leur rappelle. Attention à ce que vous dites !

— Demain, c'est l'incinération de ton arrière-grand-mère. Pendant que vous serez toutes les deux aux funérailles, je préparerai le nécessaire à notre expédition. Et dimanche matin à l'aube, nous partons en expédition !

— Banco ! je rétorque. Enfin il y a de grandes chances qu'on ne soit pas rentrés à temps pour aller bosser lundi. Il faudrait qu'on prenne tous une journée de congé exceptionnel. Ensuite, si l'on trouve effectivement un autre Paris et que l'on s'y attarde, peu importe quand on rentrera. Si on rentre un jour, car cela changera tout.

— Vous ne préférez pas attendre le week-end prochain ? s'inquiète NorandrA. Avec la crémation demain, ça ne tombe pas bien. Il vaudrait mieux partir un samedi !

— Tu as raison, ça serait plus raisonnable. Mais personnellement, je ne vais pas patienter toute une semaine pour en avoir le cœur net. Après tout, ce n'est pas impossible... Je veux savoir pour les autres Paris ! s'impatiente DenniS.

— Bon, de quoi avons-nous besoin pour cette expédition ? conclut NorandrA d'un sourire approbateur, solidaire de l'aventure qui se dessine.

Exalté, DenniS se lance dans une énumération détaillée de tout l'équipement dont nous aurons besoin. Ponctuellement, NorandrA complète la liste d'éléments essentiels à notre confort. Je suis stupéfaite de constater avec quelles aisance et rapidité ils se projettent tous les deux dans cette nouvelle réalité, sans crainte ni appréhension.

Au cours de cette soirée décisive, les préparatifs de l'expédition s'organisent. Peaufinant les moindres détails techniques, j'ose soudain la question que chacun se posait sans oser la formuler :

— Et si nous arrivons effectivement dans un autre Paris, qu'y ferons-nous ?

— On ira chez vous, pardi ! s'exclame DenniS. Comme ton clone doit être au courant de ton existence, cela nous évitera bien des explications. Bon, j'aimerais aussi beaucoup voir le mien mais on peut garder cette possibilité en plan B s'il n'y a personne chez vous. On pourrait aussi visiter cet autre Paris, voir si le CUP a vraiment réussi à reproduire des Paris identiques.

Rebondissant sur les propos de DenniS, NorandrA commence à fantasmer :

— Leur production cinématographique doit être différente tout de même ! Deux réalisateurs ne peuvent pas concevoir le même film et cinq encore moins. Idem pour tous les artistes, non ? Même si le CUP centralise tout, comment ferait-il pour tout homogénéiser ?

— Je n'en sais rien ! CassandrA ne s'est pas étendue sur tous ces détails. Mais depuis le temps que le CUP supervise tout, il pourrait bien y arriver. Pour que l'environnement soit identique dans les cinq Paris, tous les votes doivent être truqués pour homogénéiser les choix. Ainsi, les mêmes projets architecturaux sont votés, les mêmes décorations de jardin ; tout, dans les moindres détails, est identique. À moins que, tout naturellement, nous réalisions systématiquement les mêmes choix. Je suis curieuse de voir comment mes clones vivent, de discuter avec eux, de voir si on pense vraiment de la même manière et si on a le même avis sur tout. Ça serait incroyable non ?

— Chacun de nous prétend ne pas y croire mais admettez qu'au fond, on a tous envie de découvrir ces autres Paris, constate DenniS. Enfin, il est déjà super tard, je rentre ! Dormez bien cette nuit, on va en avoir besoin.

*
* *

L'exaltation de toucher ces mondes parallèles n'étant

plus alimentée par DenniS, son départ laisse un vide.

J'ouvre le réfrigérateur, à la recherche d'une gratification adéquate. Un dessert uni dosé mousse choco-fondante semble n'y attendre que moi. Bien que conservée au frais, cette mousse se réchauffe instantanément à son ouverture, libérant un parfum enivrant de chocolat. NorandrA ne peut que succomber à son tour à la tentation. Nous partageons alors un instant calme de douceur, chacune perdue dans ses pensées.

— On dort ensemble cette nuit ? je propose à NorandrA.

— Avec plaisir, mais dans ma chambre, d'accord ?

— Si tu veux, peu m'importe, du moment que je ne reste pas seule. Je n'ai pas envie d'être demain non plus… Tu crois que l'ambiance va être solennelle ou plutôt décontractée ?

— Ça sera ma première crémation, AlicE, je n'en sais rien. J'ai déjà vu des reportages et des témoignages sur des funérailles mais n'en ai encore jamais fait l'expérience. Connaissant ta famille, l'ambiance devrait être plutôt chaleureuse, non ?

— Pour moi aussi ça sera mes premières funérailles. Bon, allons-nous coucher, nous verrons bien demain. J'espère que DenniS aura assez d'une journée pour rassembler tout le matériel nécessaire. J'ai encore du mal à réaliser que nous allons réellement partir en expédition. On est dingues, non ? Remarque, personne ne nous a jamais interdit de partir à pied de Paris. Seuls les déplacements aéroportés sont réglementés par le CUP.

*

* *

Après une courte nuit d'un sommeil fragmenté et agité, j'ouvre les yeux vers neuf heures. J'émerge tranquillement tandis que NorandrA dort encore. La cérémonie ne commence qu'à onze heures trente, nous avons encore le temps.

Doucement, j'apporte le petit-déjeuner au lit et réveille la marmotte.

NorandrA a bon appétit ce matin, mais bloque sur son verre de MatinPlus qu'elle fixe avec hésitation. Amusée, je bois le mien d'une traite mais l'inertie ne prend pas. Elle se lève avec détermination et vide l'intégralité de son verre dans l'évier en déclarant :

— Je remets tout en cause, on verra bien !

Cette prise de position m'autorise à approfondir :

— Et que dirais-tu d'échanger ta vie avec celle de l'un de tes clones, sans que personne d'autre ne soit au courant ?

— C'est une idée de timbré, franchement ! Ça serait carrément malsain de s'immiscer comme ça dans la vie de quelqu'un d'autre. D'accord, nos vies sont censées être identiques mais quand même… En plus, je ne pense pas qu'avoir un même patrimoine génétique implique que nous ayons les mêmes personnalités. La substitution se remarquerait rapidement, non ? Mais pourquoi tu me poses cette question ? Tu n'es pas l'AlicE d'origine de ce Paris ?

— Non, ne t'inquiète pas, je suis bien ton AlicE. Enfin, à ce que je sache. Mais moi, j'aimerais beaucoup rencontrer les clones de mes amis dans les autres Paris… Et encore plus mes clones. Tu imagines un peu le choc que cela doit faire, d'être en face d'une personne qui te ressemble en tout point et qui a vécu exactement la même vie que toi ! Je pourrais demander à une autre AlicE ce qu'elle pense de ton addiction aux robes ou plus sérieusement ce qu'elle compte faire de sa vie maintenant que nous savons que notre travail est complètement inutile… Ça serait comme se parler à soi-même, avec les avantages de la bicéphalie !

— Bon, l'heure tourne, va vite te préparer, au lieu d'alimenter ton *delirium tremens* ; on part !

*
* *

Une cinquantaine de personnes discutent sur le parvis du funérarium. Mon père et sa colocatrice se tiennent légèrement à l'écart, nous les rejoignons. NorandrA tend instantanément les bras à ma petite sœur qui y plonge. Je dois bien admettre qu'elle sait bien s'y prendre avec les enfants, c'est impressionnant.

L'intérieur du crématorium est sobrement décoré, avec goût. L'impressionnante hauteur sous plafond suggère l'ascension de tous ceux qui lèveraient les yeux. Moi, elle me donne le vertige. Ma place se situe au premier rang, entre mon père et NorandrA comme indiqué à l'entrée de la salle et au dossier de ma chaise. Mon i-*Me* indique alors : « Je suis de tout cœur avec vous, de mon côté les préparatifs avancent bien. Je vous embrasse fort – DenniS. » Son message me touche.

La cérémonie commence par les hommages de ma grand-mère, puis ceux de mon père. Heureusement, je n'ai pas à prononcer de discours. Je n'aime pas prendre la parole en public, surtout quand objectivement, je n'ai rien à dire. À tous ces gens en tout cas.

Le quart de frère de mon père prend aussi la parole. Mais je ne parviens toujours pas à me concentrer sur cet hommage, riche en émotions, sans pour autant verser dans la sensiblerie. J'ai d'ailleurs souvent du mal à me concentrer sur les monologues. L'appréhension de ma propre mort me bouleverse. Quel sens donner au cours de ma vie ? Je ne suis qu'un rat de laboratoire, dont les faits et gestes sont épiés par mes semblables. Mon existence est d'une absurdité rédhibitoire. Que se passerait-il si l'un de mes clones venait à se suicider ? Me retirerait-on immédiatement du circuit moi aussi ? Ma vie est intimement liée à celle de quatre autres personnes que je ne connais même pas. Même ma mort ne m'appartient pas.

Aux hommages succède la projection de la biographie de la défunte. C'est rare de regarder collectivement un film, sans i-*Movie*, mais la convivialité l'oblige. Je m'y vois bébé puis enfant sans pour autant y prêter encore réellement attention. Tous les autres, recueillis et attentifs, semblent pourtant l'apprécier. NorandrA ricane même aux commentaires sarcastiques qui jalonnent le film et dont mon arrière-grand-mère était si friande. Bien joué, MamidY, même morte, tu m'impressionnes encore.

Clôturant la cérémonie, mon père reprend la parole et nous invite à passer dans le bâtiment voisin où un buffet nous attend. Cette journée s'annonce interminable. Dire que ce soir nous devons encore retrouver DenniS et faire le point avant le départ. Comme j'aimerais pouvoir passer en accéléré certains passages de ma vie. Chacun devrait pouvoir moduler l'écoulement temporel, vivre rapidement certains moments de sa vie, générant ainsi du temps mis de côté, pour ensuite pouvoir prolonger d'autres instants, en puisant dans sa réserve temporelle. En jouant sur les états de vigilance cérébrale, cela ne devrait pas être compliqué à mettre en œuvre. Les dauphins parviennent bien à ne dormir que d'un seul hémisphère cérébral, l'autre assurant la nage et la respiration. Ne pourrions-nous pas nous aussi optimiser ainsi le temps ?

10

L'expédition

Confuse et submergée par des bribes de pensées incohérentes se superposant les unes aux autres, mon attention est finalement captée par le son d'une voix très lointaine. Progressivement, ces paroles deviennent compréhensibles et tout prend sens. Nous sommes dimanche matin et le grand jour du départ.

— AlicE, debout ! Il est déjà plus de huit heures, me sermonne DomO. NorandrA termine déjà sa douche et DenniS arrive dans dix minutes ! continue-t-il comme s'il n'avait pas remarqué que j'avais enfin fait surface.

— C'est bon, tais-toi, je riposte enfin, pour lui couper définitivement la synthèse vocale.

Sans crier gare, NorandrA entre dans ma chambre et surenchérit :

AlicE, lève-toi ! Il faut partir tôt, je te rappelle. DenniS ne va pas tarder à arriver. Je t'ai préparé le petit-déjeuner. Il faut bien manger, la marche et la journée risquent d'être longues.

D'ordinaire calme et posée, NorandrA me surprend. J'obtempère sans rien oser dire. Après une douche rapide, j'enfile une tenue sportive et attaque mon copieux petit-déjeuner. DenniS débarque alors, chargé d'une multitude de sacs. Cet agencement insolite de formes et de couleurs m'amuserait presque. Mais vu tout ce qu'il a déjà apporté hier soir, je commence à appréhender le poids du chargement qui m'attend.

— Impressionnant, et nous allons devoir porter tout ça ? j'ose gentiment remarquer.

Le volume de la charge qui nous attend n'échappe pas non plus à NorandrA :

— Ah, tout de même ! Cela va faire combien de kilos par personne ?

— Arrêtez, les filles. J'ai pris trois petites sphères antigravitationnelles, à placer au fond de chaque sac à dos. Sur les épaules, vous verrez, on ne porte que du volume ! Prenons un café, on emballe et on y va !

Décidément, DenniS semble tout aussi motivé et exalté que NorandrA. Je ne peux que succomber à l'insouciance ambiante et me laisse gagner par leur fougue. DenniS est impressionnant. On pourrait presque le prendre pour un professionnel de la randonnée, tant il répartit avec assurance le matériel, la nourriture et les boissons dans les sacs. Il optimise même les volumes. Enfin endossé, je suis agréablement surprise par la sensation de non-poids que le sac procure. Pourtant, en le balançant de droite à gauche, il génère une certaine inertie. Étrange, mais rassurant.

$$* \\ * \quad *$$

Nous quittons l'appartement résolus mais le cœur serré. Un aéropropulseur nous dépose au bois de Vincennes devant les locations de vélos. Le droïde gérant le stock apporte nos vélos respectifs, déjà correctement réglés pour nos tailles et corpulences grâce à la réservation de DenniS. Ce sont de superbes électro-cross à ergonomie biotonique, légers et très confortables, qui avancent sans forcer à une vingtaine de kilomètres heure.

Réalisant à quel point nous avançons à l'aveugle, mon enthousiasme vacille :

— J'aurais tout de même dû demander à CassandrA la disposition des Paris, c'est trop bête. À mon avis, le numéro un est un Paris central, autour duquel les quatre autres ont été bâtis, dans les quatre directions. Dans ce cas, celui de l'est serait le nôtre, le numéro trois, et comme nous nous dirigeons vers le sud-est, nous allons dans le vide.

— On en a déjà parlé hier soir ! s'irrite DenniS. C'est vrai qu'il y a plusieurs configurations possibles. Ils pourraient être alignés, en cercle, en losange… Nous n'en savons rien. CassandrA a tout aussi bien pu mentir en te disant que nous habitons dans le numéro trois. Ils vous ont dit à toutes les cinq la même chose : « Vous êtes dans le Paris numéro trois ». Nous ne pouvons donc même pas nous fier à cet indice. Alors, on fonce et on verra bien. Si on tombe effectivement sur une rivière qui encercle Paris, cela sera déjà énorme. J'ai choisi de partir de ce site de location de vélo car c'est le plus excentré de tous. La plus courte trajectoire pour s'écarter ensuite de Paris est de continuer en direction du sud-est. C'est cohérent, alors on s'y tient !

— OK, d'accord. On pourra toujours tenter d'autres directions si on tombe effectivement sur la rivière et qu'il n'y a pas d'autre Paris au sud-est.

Apparemment convaincue de l'existence des autres Paris, NorandrA sort de son silence :

— J'aimerais bien voir la Terre vue du ciel, la nuit. Le contraste lumineux entre les mégapoles démultipliées et les campagnes vides doit être spectaculaire.

*

* *

Notre enthousiasme ne faiblit pas. Nous roulons toujours à vive allure, bien que les sentiers se rétrécissent progressivement. Ils tendent maintenant à circonscrire Paris, plutôt que de s'en éloigner, certainement pour forcer les promeneurs à ne pas trop s'éloigner. Nous quittons donc les chemins balisés pour couper à travers les talus, direction sud-est.

Peu à peu, le parcours se vallonne, la végétation plus dense et haute se fait plus sauvage, s'apparentant bientôt à une forêt. Inadaptés au sol jonché d'embûches, nous sommes contraints d'abandonner les électro-cross pour continuer à pied.

C'est à ce moment que nos i-*Me* se sont éteints, comme pour marquer une frontière invisible que nous venions de franchir.

Lentement, nous progressons maintenant à travers une épaisse forêt. Apparemment, personne ne passe jamais par ici. Boussole en main, DenniS ouvre la marche, gardant le cap, tandis que derrière, je pousse NorandrA à ne pas ralentir la cadence. La végétation est drue, hostile. La randonnée se transforme en parcours du combattant à travers cette végétation qui semble infinie. Silencieusement, notre trio avance, résolu à ne pas se laisser impressionner par cette chlorophylle.

Lorsqu'enfin, victorieux, nous arrivons à la lisière de la forêt, nous décidons d'une pause. DenniS distribue une eau délicieusement fraîche ainsi que des barres multidynamisantes. Concentrés sur nos friandises, nous parlons peu. L'angoisse monte en moi comme une fièvre de la raison. Partir pour l'inconnu, c'est un pari, l'affronter, un défi.

*
*   *

Reprenant notre marche vers le sud-est, je m'occupe en commentant les conditions météorologiques. Nous sommes chanceux qu'elles soient si favorables.

Coupant court à mes observations, DenniS nous enjoint subitement :

— Chut, taisez-vous !

— Quoi, tu as entendu quelque chose ? murmure NorandrA.

— Écoutez en silence. J'ai l'impression d'entendre quelque chose au loin.

À l'affût, nous nous figeons. Instinctivement, je retire mon sac à dos et scrute l'horizon.

— On dirait des clapotis ! semble reconnaître NorandrA.

— De l'eau… Serions-nous déjà arrivés à la frontière de Paris ?

Nous arrivons effectivement bientôt devant une puissante rivière d'une vingtaine de mètres de large. Mais personne ne manifeste la joie devant cette découverte lourde de conséquences. CassandrA disait donc vrai. La théorie des clones serait donc réelle. Germe alors le sentiment indéfinissable de l'abîme.

Se ressaisissant, DenniS s'installe sur les berges et sort d'une pochette sous vide un gros plastique, qui lentement se gonfle jusqu'à former un bateau, apparemment robuste. Puis, il prend trois petits bâtons rouges en résine à mémoire de forme, qui se déploient eux aussi rapidement en trois pagaies. Notre nouveau capitaine commande :

— Maintenant, strip-tease ! Enlevez vos vêtements, puis enfilez vos combinaisons et refermez bien vos sacs. Mettons le bateau à l'eau, je le retiendrai à la rive le temps que vous y montiez.

De la berge, DenniS agrippe fermement le bateau. Sa légèreté contre la puissance de la rivière le fait vivement vaciller. Après avoir lancé nos sacs, j'y monte maladroitement. NorandrA est plus agile. Quant à DenniS, on l'eût cru marin. D'un bond léger et souple, il enjambe le rebord de l'embarcation et prend place à l'arrière afin d'en assurer la direction.

La puissance du courant nous dispense presque de ramer. Plongeant ma rame à la verticale, j'essaye de tester la profondeur de l'eau, dont on ne perçoit pas le fond. En vain, impossible d'atteindre le lit. Je ne pensais pas qu'elle puisse être si profonde. Cette rivière est étrange. Sinistre.

— Vous voyez des poissons ? je demande à tout hasard.

Mais alors que nous atteignons la rive opposée, notre embarcation racle un récif.

— Regardez, la couleur du bateau change ! observe NorandrA avec inquiétude. Cela veut dire que nous avons crevé ?

Rapidement, la mollesse de notre embarcation confirme l'imminence de l'inondation. Mon taux d'adrénaline explose :

— Oui, on prend l'eau !

D'un geste vif, j'attrape un à un les sacs pour les lancer sur la rive, tandis que DenniS sort de sa poche trois gilets de sauvetage hydroréactifs que nous endossons précipitamment. L'eau s'engouffre déjà dans le radeau, alors que désespérément nous pagayons pour atteindre la rive. L'eau est froide. Le puissant courant emporte rapidement la dépouille de notre embarcation dans un tumulte assourdissant, nous immergeant à présent totalement. Appréhendant de me heurter à un autre récif, je nage à l'extrême surface de l'eau, en ahanant bruyamment. Heureusement, DenniS se hisse déjà sur la rive. Il tend la main à NorandrA, elle aussi presque arrivée, et la tire aisément de l'eau. Forçant sur mes mouvements, je peine à les rejoindre. Comment le courant peut-il être aussi puissant avec si peu de dénivelé. Sous les encouragements des rescapés, je parviens enfin à la rive et saisis la main de DenniS, puis celle de NorandrA, qui fermement m'extraient de cette maudite rivière. Mon débarquement est salué par leurs applaudissements.

Saufs.

Soulagés, mais encore choqués par la soudaineté de cette crevaison, nous restons là un moment. Assis. Jamais encore je n'avais vécu de sensation aussi intense.

J'ose alors poser la question du naufragé, humide de désespoir et tremblant pour sa survie :

— Au fait, tu as pris combien de bateaux, DenniS ? Dis-nous qu'il nous en reste un autre pour la seconde rivière qui nous attend…

— Oui ! J'assure, hein ? Il faut effectivement s'attendre à un cours d'eau similaire qui devrait encercler l'autre Paris. Normalement, on aurait pu dégonfler ce bateau pour le réutiliser mais j'ai préféré en prendre un autre au cas où nous n'arriverions pas bien à le replier ! Bon, qui veut un café ?

— Volontiers, soupire NorandrA.

— Idem pour moi.

*
* *

Réconfortée par la chaleur voluptueuse de ce pur arabica, je recommence à spéculer. Dire que CassandrA aurait tout simplement pu me faire rencontrer l'un de mes clones en aéroporté ! Il faudra trouver un autre moyen de transport pour notre retour.

— AlicE, on y va ? demande NorandrA.

Toujours vêtue de ma combinaison, je réalise que NorandrA et DenniS se sont déjà tous les deux changés et sont prêts pour le départ.

— Mais où sont mes vêtements de rechange ? j'ose demander quelque peu stupéfaite par l'en train de mes camarades.

— Devant toi ! me surprend DenniS en me les lançant.

Nous marchons à présent à travers une lande dense, formée d'un bas fourré de bruyères, de genêts et surtout d'ajoncs épineux agrippant nos pantalons. Le violet de la bruyère, rehaussé par les ajoncs en touches jaune d'or, offre un paysage saisissant.

Un nouveau bois se profilant bientôt à l'horizon, nous décidons de profiter de cette lande resplendissante pour y déjeuner. NorandrA établit alors notre campement sur un lit de mousse et de bruyères, où des rochers lissés par l'érosion nous servent de mobilier. DenniS y dispose une fine nappe auto-chrome. Sa texture en petites mailles souples et hydrophobes permet aux liquides de passer au travers, ce qui nous assure une assise discrète, sèche et propre tout au long du repas. Réquisitionnant nos sacs, DenniS en tire trois assiettes garnies qu'il dispose sur la table avec des couverts, trois petites boules de pain et à boire.

Les pieds dans la bruyère, au grand air, je me sens sereine comme rarement au cours de cette semaine. Je devrais profiter davantage du temps présent. Si j'arrivais à me concentrer sur chaque seconde, à en étendre la durée, l'écoulement de ma vie n'en serait-il pas modifié ?

*

* *

Après un agréable repas et un long moment de détente, DenniS nous ramène à la réalité :

— Il est déjà quatorze heures. Il faudrait se remettre en route si on ne veut pas passer la nuit dehors. Il va faire jour jusqu'à vingt-et-une heures vingt, aujourd'hui.

— Je ne tiens pas vraiment à passer la nuit dehors, c'est reparti ! se motive NorandrA.

*
* *

La traversée de cette seconde forêt dense et uniforme semble à nouveau interminable, minant le moral de chacun. Et si le sud-est ne menait à rien ? Peut-être n'avons-nous pas été très astucieux dans notre approche. Je n'en peux plus de marcher. Mon pied droit en particulier me brûle. Je vais avoir de sacrées ampoules ce soir.

Je me remémore alors ma première rencontre avec DenniS. Il y a treize ans déjà. Un soir, en compagnie de deux amies, nous étions parties jouer à GamecuIT, un grand complexe de jeux, avec des vacances, des dîners au restaurant ou encore des surprises à gagner. Bon, et aussi des points à perdre, qui se transforment en temps à consacrer au CUP, à ses œuvres. À l'entrée de la salle de roulette, un jeu grandeur réelle, chacun avait reçu deux cents points sur son i-*Me*. J'étais sur le numéro vingt-sept, noir et impair lorsque DenniS arriva. Habituellement, les joueurs évitaient d'aller sur les mêmes numéros, mais ce soir-là, DenniS m'expliqua qu'il devait absolument jouer ce numéro car il l'avait fait gagner la veille. Malheureusement, la bille s'arrêta cette fois-ci sur le numéro sept et rouge. Mon solde était au plus bas, pourtant la partie ne faisait que commencer. Plus je perdais, plus DenniS me transférait de ses points, afin que je puisse continuer à jouer. De son assurance désinvolte contagieuse naquit une complicité implicite, désarmante devant son évidence.

À la sortie de la salle de jeu, il ne me restait plus que vingt points. Je ne sais plus pourquoi nous nous sommes ensuite perdus de vue DenniS et moi.

*

* *

Alors que je ne l'attendais plus, l'orée de la forêt se dessine enfin. Un soulagement profond me submerge. En tête, DenniS se retourne, presque incrédule :

— La forêt est derrière nous. C'est fini ! Vous vous rendez compte ?

Épuisés, nous nous abandonnons à la pesanteur. À travers les feuillages des arbres, nous ne pouvions prêter attention à l'intensité lumineuse qui à présent nous effraie. Il est tard. Le soleil se rapproche inexorablement de l'horizon. L'appréhension d'une nuit à la belle étoile commence à poindre. Pourtant, l'obscurité nous permettrait peut-être d'apercevoir les lueurs d'un autre Paris, un cap à suivre.

— Au fait, quelles sont nos réserves de nourriture ? s'inquiète brusquement NorandrA. Si nous n'atteignons pas de Paris ce soir, il faudra bien décider de faire demi-tour demain.

— On ne manquera de rien ! J'ai même pris des gélules pour le liquide et le solide, si besoin, répond DenniS. C'est peut-être sans goût ni saveur, mais au moins, nous n'aurons jamais ni soif ni faim. Mais vous ne pensez tout de même pas à faire déjà demi-tour ?

Sentant la tension monter, je propose placidement :

— Nous n'avons aucune certitude sur l'existence des autres Paris et encore moins sur la direction à suivre. Alors, si nous n'arrivons pas dans un autre Paris avant la tombée de la nuit, je serais d'avis de faire demi-tour demain matin. Il vaudrait mieux pour nous être de retour au bureau mardi. Par contre, si on découvre un nouveau Paris, peu importe notre travail, puisque toute notre vie sera remise en question.

— Ça me va, approuve NorandrA.

— On pourrait pousser un peu plus loin quand même, insiste DenniS. Les sacs ne sont pas lourds, et rebrousser chemin trop tôt, c'est le début des regrets.

— Oui, mais si cette excursion ne débouche sur rien, la motivation pour le chemin du retour va être difficile à trouver, souligne NorandrA.

Coupant court à cette discussion stérile qui ne fait que saboter notre moral, je coupe la poire en deux :

— Bon, on continue jusqu'à la nuit tombée, et on en rediscutera avant de s'endormir, si nous sommes toujours dehors…

D'un bon pas, nous persévérons à travers la lande, alternant entre calme et joyeuse connivence. Les ombres du crépuscule pèsent à présent sur notre expédition, lorsque subitement NorandrA tend son bras et s'écrie d'une voix fiévreuse :

— Un chemin, là-bas, regardez !

— Où ça ?

Incrédule et fatiguée à la fois, je ne peux y croire.

— Oui, là, je le vois ! surenchérit DenniS.

Rapidement, nous arrivons sur un charmant chemin de terre parsemé de petits cailloux blancs, identique en tous points à celui que nous avions quitté à Vincennes. Je jubile :

— Il ne vous rappelle rien, ce chemin ? Comparaison n'est pas raison, mais qu'en pensez-vous ?

— Tu as raison, s'émerveille DenniS.

— Vous voulez dire qu'on serait enfin dans un autre Paris ? frémit NorandrA. C'est vrai que ce chemin ressemble comme deux gouttes d'eau à celui de notre départ.

— C'est incroyable, nous y sommes ! s'exclame DenniS. Paris, nous voilà ! Nous n'aurons donc pas de seconde rivière à traverser... La rivière que nous avons franchie doit sillonner entre et autour des Paris.

Son exaltation renforce l'appréhension de NorandrA, alors que je peine à intégrer cette nouvelle réalité.

— Si nous devons encore parcourir la même distance que celle de ce matin en vélo, mais sans électro-cross, nous en avons encore pour des heures de marche ! se lamente NorandrA, épuisée.

— Mais non, ne t'inquiète pas NorandrA, la rassure DenniS. Gardons notre allure, je parie qu'on peut rejoindre la ville avant la nuit. Ce soir, après une bonne douche, chacun se reposera dans un bon lit, confortablement. On y est presque, il faut tenir bon !

Les injonctions de DenniS parviennent peut-être à motiver NorandrA mais je pense que nous sommes encore très loin de nous coucher ce soir. Comment nos clones vont-ils réagir en nous voyant ? La sécurité du CUP va-t-elle intervenir ? Mille scénarios sont envisageables mais je n'arrive à m'attacher à aucun d'eux.

Sans tenir compte des directions proposées par les différents chemins que nous croisons, toujours plus nombreux, nous avançons tout droit, direction sud-est. Plus la densité des chemins augmente, plus nous nous approchons enfin de notre but. Il fait presque nuit à présent.

*
* *

Au loin, deux silhouettes se dessinent progressivement, probablement des promeneurs. Leur trajectoire ne s'orientant pas exactement dans notre direction, ce qui nous oblige à presser le pas pour les rattraper. Il s'agit d'un homme et d'une femme, apparemment tout ce qu'il y a de plus ordinaire.

— Excusez-nous ! les interpelle DenniS. Bonsoir…

— Bonsoir, répondent les deux promeneurs en chœur.

— Nos i-*Me* sont défaillants, nous sommes donc perdus, leur explique DenniS en leur montrant son avant-bras.

— Et c'est pareil pour les nôtres ! je surenchéris d'un air benêt.

— C'est vraiment étrange, c'est la première fois que je vois un i-*Me* dysfonctionnant ! Et tous les trois en même temps, c'est incroyable… s'étonne la femme en étudiant minutieusement le mien.

— Souhaitez-vous qu'on vous appelle un aéropropulseur, nous demande l'homme ?

— Volontiers, répond DenniS. C'est très gentil à vous. Pourriez-vous en demander un au nom d'AlicE, pour le quartier numéro cinq, s'il vous plaît ?

— Merci, ajoute NorandrA. Au fait, nous sommes bien au nord de Paris ?

— Oui, répond l'homme un peu surpris par cette question. Vous avez marché si longtemps que ça ?

— NorandrA n'a jamais eu le sens de l'orientation ! je relève avec un grand sourire.

— Voilà, je l'ai appelé, il se posera sur la plateforme soixante-deux, juste là-bas.

L'homme pointe alors le sud de son index, puis nous propose gentiment :

— Vous devriez l'atteindre dans cinq minutes. Voulez-vous qu'on vous accompagne ?

— Non merci, ça va aller maintenant, bonne soirée à vous, je conclus.

Nous les quittons silencieusement, tant pour éviter d'attirer leur attention que pour contenir notre joie. Ces badauds viennent de nous confirmer l'improbable. Nous sommes dans un autre Paris !

Nous avançons ainsi quelques minutes, puis l'exaltation et la joie explosent.

— Oh, AlicE, merci de nous avoir embarqués dans ton histoire de dingue !

— Mais de rien. Je ne pensais pas que tu serais si content de jouer au rat de laboratoire !

— On ne peut pourtant pas se plaindre d'être mal traité, je trouve... note NorandrA.

— Non, mais arrêtez tous les deux, vous me faites vomir ! Le libre arbitre est juste un luxe pour vous ? Vous vous complaisez dans le fatalisme ou quoi ?

— Allez, calme-toi AlicE. Ne m'as-tu pas dit hier que tu voulais voir l'un de tes clones ?

— Dans l'absolu, oui. Mais maintenant... Je n'arrive pas à me faire à cette idée.

Nous avons réussi. En une journée seulement, nous pouvons donc changer de Paris. Tous les Paris sont à notre portée...

11

Un autre Paris

Des signes évidents d'urbanisation apparaissent enfin, notamment la station d'aéropropulseurs. Une navette nous y attend déjà :

— Bonsoir Messieurs Dames, nous accueille-t-elle. C'est bien AlicE qui me demande ?

— Oui, c'est moi ! Je souhaiterais rentrer chez moi, dans le quartier numéro cinq s'il vous plaît.

— Très bien, montez. Mais c'est étrange, je ne parviens pas à vous identifier.

— C'est que mon i-*Me* ne fonctionne plus.

— Étrange… Enfin, le CUP ne semble pas s'opposer à ce que je vous prenne. Nous pouvons partir. Vous devriez toutefois aller faire réparer vos i-*Me* sans tarder.

Sur le trajet, les yeux rivés aux fenêtres, nous traquons les moindres signes distinctifs de ce Paris, mais absolument rien ne nous permet de le distinguer du nôtre. La ressemblance est déconcertante. À part nos i-*Me* hors circuit, nous pourrions tout simplement croire avoir suivi une trajectoire concentrique nous ayant ramené dans notre Paris initial.

Arrivés sur le trottoir en bas de chez nous, l'appréhension nous retient un instant. Le cœur battant, j'ai l'impression de revivre mes années de formation professionnelle, comme si une épreuve décisive m'attendait. Le ventre noué et le souffle court, je sens le stress monter.

À la porte de l'appartement, nous inspirons tous les trois profondément et, résolument, je frappe.

Personne ne répond.

Je frappe encore plus fort cette fois.

Toujours aucune réponse.

Pourquoi diable avions-nous choisi une porte d'entrée à ouverture manuelle et non automatique à reconnaissance faciale ? Par convivialité, je m'en souviens… J'aime ouvrir la porte de chez moi. Ce geste me donne l'impression d'être la seule à pouvoir y entrer, comme si la reconnaissance faciale était moins fiable. C'était finalement une mauvaise idée.

Cela dit, l'ouverture manuelle de la porte fonctionne par reconnaissance des empreintes digitales sur la poignée. Nous partageons peut-être les mêmes empreintes entre clones ? Si je me rappelle bien mes cours, l'architecture générale des empreintes est déterminée génétiquement. Le développement embryonnaire ainsi que l'environnement de la vie intra-utérine n'influencent que les points singuliers. Comme nous sommes tous conçus de manière similaire au centre de procréation, je pense que les différences entre clones ne devraient pas être discriminatoires. Forte de ce raisonnement, j'actionne l'ouverture de la porte d'entrée.

Elle s'ouvre.

Nous entrons prudemment, mais comme pressenti, l'appartement est désert — grosse déception. Face à la mine déconfite de DenniS, je tente une boutade sibylline :

— Tu penses vraiment que tu aurais pu gérer deux AlicE ?

— Bon, qui veut un verre pour fêter notre succès ? propose NorandrA.

— Excellente idée, réplique DenniS en s'installant au salon. Alors, dites-moi, y a-t-il des différences avec votre appartement, ou vous sentez-vous comme chez vous ?

— J'avoue que c'est vraiment déroutant, je réponds. C'est comme si on était dans un rêve, dans un environnement extrêmement familier qui pourtant est différent de la réalité. Vous voyez ce que je veux dire ? Cet appartement n'est pas exactement décoré comme le nôtre, mais nous aurions bien pu faire ces choix, qui sont d'ailleurs très proches des nôtres. Les objets ne sont pas tous exactement au même endroit non plus, mais je m'y sens très bien, comme chez moi !

— C'est quand même presque pareil que chez nous ! C'est hallucinant, confirme NorandrA.

— Si on allait chez moi voir si j'y suis ? ironise DenniS. J'ai besoin de rencontrer des gens ! J'en ai plein les jambes, mais il faut bouger d'ici. Vous vous rendez compte que nous avons réussi ?

— DenniS, on vient juste d'arriver. On peut se poser un tout petit peu au moins ? suggère NorandrA.

— Voici des beignets de scolopendres. Je viens de les trouver dans la cuisine. On fait comme chez nous, non ? je demande, certes un peu tardivement. DenniS, si cela peut te rassurer, les occupantes de ces lieux vont bien finir par rentrer chez elles.

Contrarié, DenniS consent finalement à patienter, au grand soulagement de NorandrA qui en profite pour nous resservir une seconde tournée de tequila. DomO annonce alors l'arrivée de nos trois clones ! Apparemment, la singularité de la situation ne l'a pas affecté.

D'un bond, nous nous précipitons vers la porte, pour vérifier la console. AlicE, NorandrA et DenniS bis sont bien dans l'ascenseur. Mon rythme cardiaque s'accélère instantanément et mes oreilles commencent à bourdonner.

Ils sont bien là, maintenant, juste derrière la porte. Nos ressemblances sont impressionnantes.

— Et bien, ouvre-leur, me lance DenniS.

— Oui, mais vous ne trouvez pas ça étrange qu'ils frappent à la porte de chez eux ?

— Tout est étrange depuis quelques jours, allez, j'ouvre ! se lance NorandrA.

D'un geste vif, elle ouvre la porte. Nous nous trouvons tous les six nez à nez, figés et cois.

— Entrez donc, propose enfin notre DenniS.

— Merci, répond mon clone.

D'abord tendus et maladroits, nous nous installons au salon. Du coin de l'œil, je remarque que nos clones décortiquent à leur tour l'aménagement de la pièce. La glace se brise progressivement, laissant notre naturel reprendre le dessus.

— Vous ne semblez pas si surpris de nous rencontrer, constate mon clone. J'imagine que CassandrA vous a à vous aussi révélé le but des expériences dont nous faisons partie ?

— Tout-à-fait. Après sa longue explication vendredi soir, j'ai tout révélé à NorandrA et DenniS. Nous venons de Paris numéro trois. Et vous ?

Amusée, mon clone répond :

— CassandrA aussi m'a dit que j'étais dans le Paris numéro trois. Vous n'êtes donc pas de ce Paris ?

— Non, nous venons aussi d'arriver, précise NorandrA. Tout comme vous, nous avons quitté notre Paris ce matin pour en explorer un autre. On vous a battus d'un quart d'heure.

— Forcément, réfléchit mon clone. Afin de ne pas biaiser l'expérience, nous avons tous eu la même information. Comme les propriétaires des lieux ne sont pas là, ils ont dû eux aussi partir dans un autre Paris. Le fait que nous soyons deux groupes à nous retrouver ici impliquerait que nous sommes dans un Paris central et que les autres sont autour. Non ? Qu'en pensez-vous ?

— Nous sommes partis de notre Paris direction sud-est et sommes arrivés ici au nord-ouest, explique DenniS.

— Quant à nous, poursuit le clone de DenniS, nous avons maintenu notre cap en direction du sud pour arriver au nord de ce Paris. Je trouvais plus simple de suivre ce cap.

Le clone de DenniS prend alors du papier et un stylo et dessine différentes dispositions possibles :

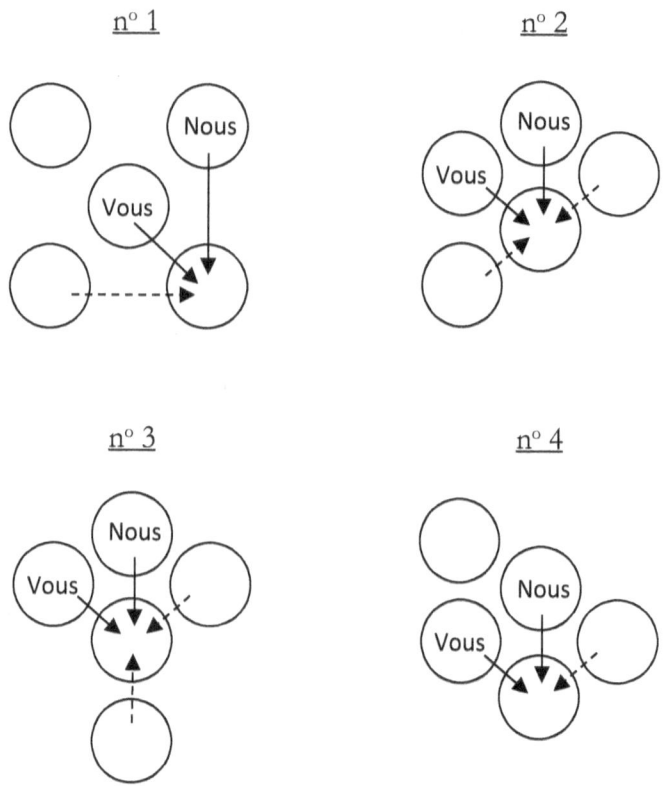

— Si la répartition des Paris correspond à l'une des dispositions de ce type, il est fort possible qu'un autre trio, voir même plusieurs autres, sonnent encore à la porte ce soir, conclut le clone de DenniS. Enfin, les dispositions possibles sont encore plus nombreuses. Nous n'avons pas assez d'éléments pour conclure.

— Je travaille au CUP, dans le service organisationnel des séjours de dix jours, m'annonce mon clone. Toi aussi, je suppose ?

— Oui, bien sûr. Et ton arrière-grand-mère a été incinérée hier ?

— Exactement. Et nous sommes nées le 4 juin 2630.

— CassandrA nous a dit vrai, nous interrompt DenniS, vous vérifiez inutilement. Nous sommes certainement observés très attentivement en ce moment, afin de voir quelles vont être nos réactions. Il faut qu'on agisse d'un commun accord à présent, car nos vies sont liées.

— Que veux-tu faire ? demande NorandrA. Nous ne sommes que des pions. Autant rentrer chez nous et profiter de la vie. Nous pourrions arrêter de travailler et passer notre temps à voyager... Je ne pense pas que cela nous serait refusé. Ce sera géant !

— Dire que je m'impliquais sincèrement dans mon travail, ajoute mon clone. Je pensais vraiment à des vacances utiles à tous...

*

* *

Ma ressemblance avec mon clone est déstabilisante, pour ne pas dire désagréable. Cependant, n'ayant pas pour habitude de m'observer longuement dans des miroirs, c'est le clone de NorandrA qui me fascine le plus. Elles sont vraiment identiques en tous points : leurs mimiques faciales, leurs postures, l'intonation de leurs voix, sans oublier leur ressemblance physique, bien évidemment avec les mêmes fossettes qui se dessinent sur leur joue quand elles sourient. Ce spectacle est tout simplement fascinant.

Alors que chaque binôme de clones commence à se chercher des différences dans leurs vies, leurs goûts, et même dans leur façon de penser, un étrange malaise m'envahit. Je me sens extérieure à l'excitation environnante. Mon clone ressent-il la même chose que moi ? Silencieuse et en retrait, elle semble elle aussi en pleine réflexion.

Minuit sonne quand tout devient subitement limpide. L'évidence s'impose. Si chaque mégapole est constituée de cinq sites d'expérimentation organisés à proximité les uns des autres, les responsables, nos créateurs et les cerveaux qui décident de tout sur la planète, doivent vivre regroupés, paisiblement isolés, pour planifier et analyser leurs expériences machiavéliques. Surtout, ils doivent vivre dans une ville unique, à l'écart du système !

Je suis bouleversée et tente de donner le change à l'équipée :

— J'ai besoin de prendre l'air, je vais descendre marcher un peu.

— Tu veux que je t'accompagne ? me propose NorandrA.

— Non, merci. J'ai besoin de faire le vide un peu pour y voir plus clair. Vous n'allez tout de même pas vous inquiéter !

Mon clone me scrute d'un regard attentif et hésitant à la fois. Forcément, elle doit ressentir le même besoin oppressant d'aller directement au cœur du problème. Elle est même peut-être déjà arrivée à la même conclusion que moi. Tenant toutefois absolument à être seule, je fuis son regard. Je dois m'extraire le plus rapidement possible de cet appartement.

Enfin dehors, je ne peux malheureusement pas appeler d'aéropropulseur. Satané i-*Me*. Je n'avais pas conscience de ma dépendance à cet implant.

L'air ingénu, j'arrête le premier passant et lui explique ma surprise devant le dysfonctionnement évident de mon i-*Me*. Son étonnement le paralyse un moment, mais finalement il se décide enfin à m'en appeler un.

Je pars pour la plateforme aéroportée.

12

DominiK

La plateforme est en tout point identique à celles que j'ai l'habitude de fréquenter. Deux navettes aéroportées y sont posées. J'ai souvent assisté et même participé activement à leur pilotage. J'adore la vitesse et la sensation de vertige au décollage. Il y a deux ans, j'avais voulu mettre en place un séjour « *Découverte de l'espace aéroporté* ». J'avais pu rencontrer un pilote qui m'avait expliqué en détail leur fonctionnement. Une journée passée avec lui m'avait suffi pour acquérir les rudiments de pilotage. Mais l'étude de marché avait conclu que ce type de séjour n'intéresserait pas suffisamment de monde. L'abandon de ce projet m'avait beaucoup frustrée. J'en ai gardé les séquelles.

Aujourd'hui, en pleine possession de mes facultés mnésiques, je suis résolue à emprunter une navette pour explorer l'urbanisation de tout le globe et trouver un point lumineux isolé, où devraient se réfugier les dirigeants du CUP.

Seule sur la plateforme, j'essaye d'actionner l'ouverture de l'une, puis de l'autre navette aéroportée. Malheureusement, sans code d'ouverture, l'entreprise est plus complexe qu'escompté. Il faut que je trouve un système de contrôle externe pour en activer l'ouverture. Anxieuse, je me dirige prudemment vers les bureaux situés en bordure de piste. J'espère que personne n'y travaille cette nuit. Mais alors que je m'apprête à entrer dans le bâtiment des pilotes, un bruit sourd m'interrompt. La chance est avec moi. Une navette aéroportée arrive et se pose sur la plateforme. Deux personnes en descendent. Je m'avance en vitesse et les salue au passage, le plus naturellement du monde, entre dans la navette avant que les portes ne se referment automatiquement. Enfin, je prends place aux commandes.

La supraconductivité permet une ascension rapide et verticale qui ne me facilitera pas le repérage visuel dont j'ai besoin. Il faut que je parvienne à modifier la procédure de décollage habituelle. Mais le système de commande, entièrement automatique, n'est que très peu modulable. À croire que mon intervention était redoutée. Non sans peine, je finis par régler l'altitude de navigation à 15 000 pieds, la vitesse de déplacement à 2 000 nœuds et active un parcours de vol en spirale, sur l'Europe pour commencer. Il faut que je reste sous les nuages pour avoir un contrôle visuel sur la lumière de cette cité secrète. J'espère que je la trouverai avant le lever du soleil, sinon, je reviendrai explorer une autre région du globe la nuit prochaine.

Après avoir enclenché la fermeture des portes, je valide le plan de vol. Le système de pilotage, réglé sur des références standards locales, me propose d'augmenter l'altitude de navigation, ce que je refuse. Aussitôt, les moteurs s'activent et je décolle.

Forte de ce décollage adroit, j'enclenche le pilotage automatique et actionne l'ouverture du plancher central, permettant d'accéder à un hublot idéalement positionné pour scruter le sol terrestre. Je m'allonge par terre afin d'y observer les amas lumineux. Le clone de DenniS serait ravi d'assister au spectacle, car d'ici, l'agencement des Paris ne fait plus aucun doute. La seconde configuration prend résolument forme sous mes yeux. Comment personne n'a-t-il encore jamais remarqué ni même parlé de ces quintuples de ville ? Il est vrai que les vols se font généralement le jour et l'ouverture de ce hublot n'est proposée qu'après le décollage. Absorbée par ce spectacle et sans réellement y prêter attention, mon regard repère et fixe bientôt un tout petit point lumineux, non loin des amas parisiens.

Émerveillée, je réalise soudain que ce que je recherche pourrait déjà se trouver là, juste sous mes yeux. C'est trop beau pour y croire. J'étais prête à poursuivre mes recherches toute la nuit et les suivantes si nécessaire, mais LE petit point lumineux isolé est déjà là.

Je désactive le plan de vol et passe en pilotage manuel. De la succession des indicateurs sonores d'erreur, consécutifs à chacune de mes instructions, naissent des doutes quant à mes facultés de pilotage. L'entreprise n'est finalement pas si évidente. Heureusement, en demandant l'atterrissage immédiat, le pilotage automatique s'enclenche à nouveau et détecte une plateforme aéroportée toute proche, qui devrait être située dans le point lumineux isolé. J'ai réussi ! J'atterris dans la cité interdite.

La navette s'ouvre sur une plateforme déserte. M'avançant vers la sortie, je me fige subitement face à un aéropropulseur, venu de je ne sais où pour s'arrêter à mes pieds. Il est apparemment là pour moi, mais ne dit rien. Il ne me salue pas et attend tout simplement. Ma sueur froide passée, j'y entre donc le plus naturellement possible et comprends enfin que peu lui importe qui je suis. Contrairement aux aéropropulseurs parisiens, celui-ci ne dispose d'aucun système de reconnaissance.

— Je voudrais faire une visite de la ville, j'ose enfin demander.

— Cette requête n'est pas disponible, je suis désolé. Où souhaitez-vous aller ?

— Au siège. Au siège du CUP, je tente à tout hasard.

— Je vous y emmène tout de suite.

— Nous sommes bien à Paris ? Je ne reconnais pas bien dans la nuit.

— Mais oui… Dans Paris-zéro !

— Je ne me suis pas trompée, merci.

Les routes sont beaucoup plus étroites et sinueuses que celles des Paris. Les bâtiments trapus évoquent un style architectural plus ancien. Une atmosphère paisible règne dans cette improbable cité.

Les rues sont désertes. Mais à cette heure-ci ce n'est pas étonnant.

J'arrive bientôt devant un joli petit château, entouré d'un vaste domaine arboré. L'aéropropulseur me demande :

— Souhaitez-vous être déposée à l'entrée du jardin ou directement à celle du château.

Appréhendant la confrontation imminente, j'opte pour l'arrivée par le jardin.

J'avance à présent avec calme à travers le magnifique ornement de l'allée. L'éclairage s'adapte à mon allure, me guidant vers l'entrée centrale. Ce jardin est atypique et original comparé à ceux de Paris et je suis frappée par la luxuriante végétation qui m'entoure, tropicale. De nombreuses espèces végétales me semblent même inédites. Malgré cet étrange et mystérieux environnement, je m'y sens en sécurité. Le bouillonnement obsédant des questions qui m'assaillent me détourne cependant du plaisir d'apprécier pleinement les parfums inconnus et la chaleur voluptueuse qui m'entoure.

À mon arrivée au château, ses deux grands vantaux de bois s'ouvrent largement. Je découvre un vaste hall richement décoré, de style médiéval. De grandes peintures ornent les murs et un épais tapis recouvre le sol. Au fond, j'aperçois les portes d'un ascenseur qui s'ouvrent, m'invitant à y monter. Curieusement, je constate l'absence de boutons ou d'indicateurs à l'intérieur. Je me laisse donc mener. Après une courte ascension, les portes s'ouvrent sur une petite pièce, apparemment une entrée. Un manteau y est suspendu. J'accroche le mien sur le crochet adjacent.

Au bout d'un couloir vide, magistralement long, j'entre dans une grande salle au style plus moderne, où dominent le verre et le métal. Un homme se lève de son imposant bureau et vient me saluer.

Nullement surpris par ma visite imprévue, de surcroît à une heure indue, il semble même enchanté de me voir et curieusement familier :

— Bonsoir AlicE. Je te souhaite la bienvenue au centre supérieur du CUP.

Je suis à peine étonnée qu'il sache mon nom. C'est normal qu'il connaisse un minimum ses cobayes. Mais j'ai l'étrange impression qu'il me rappelle quelqu'un. J'ai l'intime conviction de l'avoir déjà rencontré, mais cherche où j'aurais déjà bien pu faire sa connaissance. En vain.

— Nous avons déjeuné ensemble à la cafétéria du CUP, cette semaine, me révèle-t-il. Cela ne fait pourtant pas si longtemps.

— Mais oui ! C'est vous qui nous aviez tant divertis mardi dernier !

Je reconnais enfin le personnage pittoresque qui m'avait séduite et touchée par ses talents d'imitateur. Aujourd'hui, il est lui-même, sans l'excentricité de ses vêtements d'une autre époque, sans cette lueur de folie dans le regard. Le souvenir de ce moment intemporel n'accentue que davantage l'appréhension sourde que je ressens.

— Je m'appelle DominiK AmoretI et suis le PDG du CUP. À cette heure-ci, les autres dirigeants du CUP sont rentrés chez eux. Je n'ai à vrai dire pas souhaité leur présence. Un tête à tête est plus approprié, me semble-t-il. Mais tu as faim peut-être ? Ou puis-je t'offrir un verre ?

J'ai peu mangé aujourd'hui. De plus, je devrais être exténuée par cette interminable journée. Mais l'adrénaline jugule toute sensation de faim ou de fatigue. D'un hochement détaché de la tête, je décline les civilités :

— Je suis venue jusqu'ici afin que vous m'expliquiez comment vous, les dirigeants du CUP - des êtres humains -, en êtes venus à expérimenter sur vos semblables ? On m'a appris que je faisais partie, ainsi que des milliards d'individus sur cette planète, d'une vaste expérience scientifique visant à déterminer le rôle de certains gènes dans le comportement humain. Est-ce vrai ? Suis-je vraiment un sujet d'étude sur la nature humaine ?

Apparemment amusé par mon intrépidité, DominiK coupe lui aussi court aux préambules de politesse :

— Ah, toutes ces villes repensées. Paris, comme bien d'autres, est effectivement un homopentamère, un complexe de cinq sous-Paris identiques. La construction de ces complexes fut une véritable révolution concernant l'exploration du fonctionnement du genre humain. Grâce à eux, nous avons pu obtenir des résultats inespérés. Cependant, c'est du processus d'extrapolation des données dont je suis le plus fier. Pour comprendre les fondements du comportement humain, j'ai créé un avatar, mon avatar. C'est lui qui centralise toutes les données sur chaque individu, et partant de là, coordonne l'intégralité des projets. Paternellement, je lui ai donné le nom de DomO. Présent dans chaque foyer, lieu public et emplacement professionnel, partout, il centralise les pensées et actions de chacun. Grâce à la conception *in vitro* des bébés humains, il fut relativement aisé d'introduire très tôt au cours du développement embryonnaire des femtoprocesseurs à l'intérieur de chaque cerveau. Une fois connecté aux réseaux neuronaux, ce dispositif permet alors de renseigner DomO sur chacune de vos pensées. Ce fut un immense progrès. Dire que tout le monde pense qu'au-delà des deux ans d'un individu, la complexification des interconnexions neuronales rend indéchiffrables les milliards d'informations qui circulent simultanément ! DomO décode aisément jusqu'au subconscient de chacun, quel que soit son âge, et peut même implanter une idée ou une volonté, si nécessaire. Ainsi, les synchronisations d'actions entre clones sont maîtrisables et modulables, tout en intégrant ce que chacun aurait librement pensé ou fait. En effet, les villes pentamériques doivent être coordonnées, les actions doivent s'y dérouler aux mêmes moments, sinon des divergences inexploitables naissent et tout l'intérêt des complexes pentamériques s'effondre. Heureusement, les ajustements opérés par DomO sont minimes, car trop d'interférences avec les volontés intrinsèques d'un individu perturbent le système et engendrent de graves dysfonctionnements, la dépression le plus souvent.

Imperturbable, DominiK continue de s'écouter avec un certain plaisir :

— Il faut que tu comprennes que nous devions mieux décrypter les comportements individuels et collectifs pour nous accomplir. C'est uniquement dans cet objectif que je manipule les gènes. Je m'intéresse principalement à ceux qui sont susceptibles d'impacter directement le comportement de leur hôte. Sais-tu, par exemple, que la chenille du bombyx, contre toute habitude, se met à grimper au sommet des arbres lorsqu'elle est infectée par le baculovirus ? Ce virus induit l'expression d'un et d'un seul gène viral, l'*egt*, qui en modifiant les hormones de la chenille, va bouleverser son comportement et la pousser à monter en haut des arbres, lieu qui lui est fatal. Elle y mourra en se liquéfiant, répandant une pluie de virus sur les feuilles sous-jacentes ainsi que sur les jeunes larves, permettant au virus de se répandre. L'expression d'un seul gène supplémentaire est donc capable de modifier le comportement d'un individu, le poussant à se suicider à l'encontre même du principe de la lutte pour la survie de l'espèce. N'est-ce pas extraordinaire ? Et ce n'est qu'un exemple parmi des milliers montrant l'importance de l'expression des gènes sur le comportement. Effectivement, je me suis rapidement intéressé à la nature humaine, conformément à ce à quoi mon éducation me préparait, étant promu dès ma conception à devenir le PDG du CUP et donc à assurer la continuité des expérimentations en cours.

— À qui appartient donc la paternité de ce projet ? je demande alors, perplexe.

— À mon arrière-grand-père et clone de surcroît. Nous formons tous, au sein de la direction du CUP, différentes lignées de clones, qui contrairement à toi, ne vivent pas simultanément, mais successivement, avec pour héritage un unique femtoprocesseur qui permet de récupérer les souvenirs de ses prédécesseurs. Mais pour en revenir au projet dont tu fais partie, ne trouves-tu pas incroyable que par exemple le sens de l'équité soit propre à l'espèce humaine ? En effet, chez les chimpanzés, nos plus proches parents, de nombreuses expériences ont montré qu'un chimpanzé chanceux, quel que soit son âge, garde pour lui toutes ses récompenses, alors qu'à partir de trois ans, les humains partagent souvent équitablement une récompense, surtout s'ils ont travaillé ensemble pour l'obtenir. Et bien, grâce à mes travaux, j'ai déjà identifié ce gène inducteur du sens de l'équité. J'ai même réussi à identifier dix-neuf gènes responsables de la nature humaine.

— Mais en quoi ces résultats ont-ils profité à l'humanité ? Qui capitalise votre vaste champ d'expérimentation ? Ces résultats ne vous ont apparemment pas rendu plus humain.

— La connaissance ne profite-t-elle pas à tous ? Directement ou non. En tout cas, je peux t'assurer que nous en profitons tous les deux. Tu en bénéficies même en toute primeur. Ne sois pas révoltée. Depuis le commencement, l'Homme a recherché ses limites et a vécu au plus proche des situations de crise. Les sociétés ont toujours fonctionné à la limite de la crise, en ce sens qu'elles fonctionnent avec du désordre et à la limite du chaos. Je n'ai rien bouleversé quant au fonctionnement du règne humain. Tout système vivant est menacé par le désordre et en même temps s'en nourrit. Le désordre est source d'évolution. En modifiant le génome humain, je n'ai que perpétué ce que de nombreux individus ont déjà réalisé avant moi, avec les OGM, la fusion nucléaire ou la conquête de Vénus par exemple. La génétique produit et contrôle le cerveau humain. Elle est la clef qui nous permettra de nous dépasser.

— Mais pourquoi cette connaissance du genre humain me toucherait-elle particulièrement ?

— J'y arrive. Tu dois d'abord savoir que j'ai eu beaucoup de mal à trouver et à déterminer le rôle précis des dix-neuf gènes responsables de la nature humaine. J'espère d'ailleurs qu'il ne m'en manque pas. J'ai été surpris de constater qu'en moyenne, un individu n'en possède naturellement que cinq ou six. J'ai donc commencé mes travaux en analysant les comportements en fonction de leur génome, et ai constaté que moins un individu exprime de ces dix-neuf gènes, plus la hargne animale qui l'anime génère de l'insatisfaction, de la frustration génétique.

— L'insatisfaction serait-elle inversement proportionnelle à notre humanité ?

— Les exigences d'une vie sont très variées. Elles sont pour les uns ou les autres corrélées aux gènes qu'ils expriment. À la différence des espèces animales, l'Homme se focalise inlassablement au cours du temps et des civilisations sur des situations passées ou des futurs hypothétiques. Il s'écarte de la jouissance du moment présent. Alors que nous sommes au sommet de la chaîne alimentaire, pourquoi l'Homme reste-t-il psychologiquement si fragile ? Tu vis dans un monde privilégié, AlicE, que nous avons conçu pour ton épanouissement. Pourtant, même dans cet univers, je pense que tu as pu constater que l'Homme développe des peurs vis-à-vis d'un éventuel manque de contrôle de sa vie et de sa mort. Il luttera pour être reconnu, apprécié et aimé. Ce qui m'intéresse est de parvenir à transcender ces sentiments ; d'observer l'alchimie de l'expression des dix-neuf gènes spécifiquement, qui, réunis en un même individu, pourraient faire naître de nouveaux aspects. Naturellement, ces gènes ne se retrouvent jamais réunis tous ensemble dans un même individu. Mais toi, tu es la première à les posséder et à les exprimer à leurs taux d'efficacité optimale. Tu es la plus humaine de nous tous sur Terre, enfin avec tes quatre autres clones. Ils devraient bientôt arriver, je l'espère. Tu es venue ici ce soir, car ta nature te pousse à rechercher tes origines pour donner du sens à ta vie. Comprendre le passé donne du sens au présent. Peu d'individus accèdent à toutes les réponses que tu as aujourd'hui. Mais je ne pense pourtant pas qu'elles t'apporteront satisfaction et sérénité. Est-ce le cas ou te sens-tu dans le besoin de générer du désordre ?

Aussi insupportables que soient ces révélations, je saisis le point de vue de ce chef d'orchestre, mais pas sa partition. Je suis décontenancée, je me sens perdue, ses repères ne sont pas les miens. DominiK me fait progressivement basculer dans sa réalité, sans m'en donner toutes les cartes, je le sens.

— Mais pourquoi ne pas avoir bâti une entière cité, uniquement composée d'individus pourvus de ces dix-neuf gènes ?

— Je dois d'abord cerner comment tu fonctionnes, en quoi tu es différente, pour engendrer la civilisation qui te conviendrait. Aujourd'hui, les Hommes adoptent trop souvent un comportement conformiste, pour adapter ses réactions individuelles à celles du groupe, en imitant les autres. C'est d'une grande banalité ! Peut-être est-ce dû à ma conception artistique de la vie, mais j'ai, c'est vrai, le projet de bâtir une ville berceau de l'originalité, où l'ouverture d'esprit, l'audace et la tolérance apporteront des motivations nouvelles — piliers de la liberté de l'Homme – qui jusqu'à présent étaient bridées par son animalité. La détermination génétique des comportements est une clef darwinienne. Naturellement, j'ajouterai aussi à ma lignée, les gènes que j'aurais jugés nécessaires. Mais cette étape est encore prématurée. Comme tu es venue me voir, j'en déduis que tu n'es pas aussi sereine que prévu. Je voudrais donc te proposer une nouvelle expérience qui devrait t'accomplir, si tu l'acceptes, bien entendu. Au centre supérieur du CUP, nous avons testé ces dernières années les effets incroyables d'une stimulation neuronale ultra ciblée au niveau du lobe temporal droit. Celle-ci active un réseau complexe de neurones noradrénergiques, induisant des modifications intenses de l'humeur, de l'affectivité, ainsi que le développement d'un sentiment d'éveil, de vérité et d'union avec le monde extérieur. L'altération du sentiment du « soi » donne alors l'impression de ne faire qu'un avec l'Univers, de transcender les limites de l'esprit. Toutefois, nos expériences ont conclu que l'introduction de cet état mystique profond pouvait être très dangereux chez certains individus. Il peut induire une terreur et une confusion mentale menant au suicide ou à des cas de schizophrénie. Il semblerait donc que pour bénéficier pleinement des avantages de cette stimulation cérébrale, il faille avoir achevé son développement cérébral. Avoir plus de vingt-six ans et exprimer au moins dix gènes spécifiques au genre humain. Tu es donc la candidate idéale. Tu vas pleinement profiter des bénéfices de cette expérience.

— Et si la personnalité qui forge le comportement d'un individu n'était pas entièrement réductible à son patrimoine génétique ? L'interprétation de vos expériences n'en serait-elle pas faussée ?

Détournant DominiK de la conversation, un petit bip discret l'interpelle.

— Une autre AlicE va arriver d'ici un quart d'heure. Je t'invite à t'installer confortablement dans la pièce voisine. Une équipe de spécialistes t'y attend pour parfaire ta personnalité. Tu vas vivre une révolution.

Il ouvre alors une petite porte, discrètement découpée dans un des angles de la pièce, et me prie d'y entrer. Je le scrute, hésitante.

Est-il seulement compétent ou tout simplement rongé par la folie ? Je ne peux pourtant prétendre rester insensible à l'expérience qu'il me propose, d'autant plus que si je refuse, elle me sera probablement imposée de manière détournée. Mais pourquoi dévoile-t-il à présent si clairement son jeu ?

Confuse, je tente d'éclaircir la situation :

— Vous avez raison. J'ai effectivement tendance, soit à repenser au passé, soit à anticiper ce que j'ai à faire. Mais ce n'est pas un mal, puisque l'anticipation des situations fait partie de l'instinct de survie. Ainsi, lorsqu'on se trouve dans une situation de crise, préalablement évaluée, le fait d'y avoir déjà pensé, au calme, permet de trouver des solutions plus rapides et efficaces. Mais pourquoi m'avoir fait venir ici, me dévoiler tous vos projets, qui seraient plus en sécurité dans le secret ?

DominiK AmoretI esquisse un sourire de circonstance. Il laisse la porte dérobée ouverte. Va se servir un whisky. Il y ajoute trois glaçons avant de répondre :

— J'ai besoin d'établir un dialogue franc et amical avec vous cinq. Je veux vous accompagner pleinement au cours de cette expérience, pour mieux comprendre ce que vous allez vivre et ressentir. Cette étape est importante pour mes recherches. Je tiens à l'accomplir du mieux possible. Je crains de me limiter en analysant uniquement les éléments collectés par DomO. J'ai besoin de toi. Je t'ai apporté des informations importantes sur le fonctionnement de la société et pense que tu n'y seras jamais en danger. Il est donc inutile de craindre d'affaiblir ton instinct de survie. Dans ton monde, tu es protégée. Tout est conçu pour que jamais tu ne manques de sécurité, d'amour, ou encore de divertissement. Les problèmes financiers ou de santé ne sont plus source d'inquiétude ni même d'intérêt depuis fort longtemps. Par ailleurs, même si cette expérience avait des effets à long terme, ils seraient minimes, modulables par ta volonté et surtout positifs et constructifs. Pour jouir pleinement des bénéfices attendus par cette expérience, tu dois être confiante, détendue et sereine. Viens, j'ai déjà testé l'expérience, mais nous débattrons de nos points de vue après que tu l'aies vécue toi aussi.

La petite porte dérobée donne sur un long couloir sombre. Dans l'embrassure de l'une des cinq portes qui ornent ce passage, un homme distingué m'attend. À travers une lumière tamisée, il m'invite à entrer dans une petite pièce chaleureusement décorée, qui ressemble beaucoup à ma chambre.

— Bonsoir AlicE. Je m'appelle EliaZ. Mon fond génétique provient du CheshirE. Je n'ai pas encore la chance d'être aussi complet que vous ne l'êtes, mais je suis là ce soir pour vous servir. Prenez place, je vous en prie.

Assise dans un grand canapé de cuir noir, j'aperçois devant moi d'appétissantes collations sur une petite table à trois pieds, en verre massif. EliaZ y ajoute un verre oblique. Translucide, il laisse percevoir un liquide de couleur rare et inquiétante, rouge-ocre. Une paille luminescente m'invite à y goûter.

— Voici votre psilocybine. Je vous conseille de manger un peu avant de la boire. Ses effets vont durer six heures et vous êtes déjà très fatiguée. N'hésitez pas à m'appeler si vous avez la moindre question. Je suis à votre service. Je resterai discret, néanmoins près de vous jusqu'à ce que les effets se soient dissipés. Vous pouvez également vous allonger et dormir si vous le souhaitez.

Tout est apparemment conçu pour me séduire dans cette pièce très cosy. Confiante, je respire profondément. Je sens la fatigue m'envahir et peser sur mes paupières. Je m'abandonne et succombe aux pâtisseries. Sphériques ou cubiques, je n'en avais encore jamais dégustées d'aussi savoureuses. Mais coupant court à ce festival des papilles, je réalise soudainement avoir complètement oublié NorandrA et DenniS. Sans nouvelles, ils doivent être sacrément inquiets.

— EliaZ, vous êtes là ?

— Oui, répond-il immédiatement en apparaissant de nulle part. Que puis-je faire pour vous ?

— Pourriez-vous prévenir NorandrA et DenniS que tout va bien pour moi ? Voyez-vous qui ils sont ?

— Bien entendu. Ne vous inquiétez pas. DominiK lui-même les a contactés depuis longtemps. Ils vont passer la journée dans leur nouveau Paris, puis seront véhiculés pour rentrer chez eux lundi soir. Avez-vous besoin d'autre chose ?

— Non, merci. J'imagine que les toilettes sont derrière cette porte ?

Son sourire confirme. J'avais bien remarqué l'agencement de cette pièce, vraiment identique à celui de ma chambre. Rassurée, j'attrape le verre de psilocybine et la bois d'une traite. L'amertume est savoureuse.

J'observe EliaZ, souriant, s'effacer morceau par morceau, jusqu'à disparaître complètement.

Une violente implosion me précipite alors brusquement dans le vide, comme si je tombais dans un puits sans fond, au plus profond de moi.

13

Enthéogène

Attentive et intriguée, j'observe un étrange faisceau lumineux, d'une couleur rare aux nuances multiples. Je m'approche de la source lumineuse pour en déterminer sa nature, mais l'esquisse d'un mouvement fragmente mon espace en éléments kaléidoscopiques, multicolores. Je nage dans un environnement de cubes, cercles, triangles et polygones qui s'enchevêtrent sans jamais se heurter. L'absence de gravité permet de me mouvoir parmi ces formes et ces couleurs, de ressentir leur complexité moléculaire d'un simple effleurement. Une sensation nouvelle et étrange s'offre à moi. J'ai enfin l'impression de comprendre comment l'agencement des atomes permet de déplacer un objet à distance, comment deux objets pleins et solides peuvent s'interpénétrer naturellement, sans se casser ni se déformer. Pourquoi cette évidence ne m'était-elle pas apparue avant ? La logique de la matière est simple, source de joies et de plaisirs, enivrante.

*

* *

— Bonjour AlicE, tu m'entends ?

J'entends effectivement une voix lointaine qui m'appelle. L'engourdissement de mes muscles encore lourds de sommeil ainsi que la complexité nouvelle à établir une connexion motrice avec ma bouche amplifient la latence de ma réponse. Dans un effort ultime, je murmure péniblement :

— Oui, j'entends. Je me réveille.

— AlicE, c'est moi, DominiK. Tu dors depuis plus de onze heures. Il faudrait te lever pour que nous parlions un peu avant que tu ne rentres chez toi. Prends une douche et un bon petit-déjeuner. Des vêtements propres t'attendent dans la salle de bain. Je reviens dans une heure. Ça ira ?

— Parfait…

J'ai complètement perdu la notion du temps. Mais si je suis ici depuis aussi longtemps, les autres AlicE ont elles aussi dû arriver et sont certainement dans les autres pièces qui donnent sur le couloir. Cinq portes pour cinq clones. Cette proximité me répugne. Comment vit-on avec plusieurs soi ?

*

* *

Au retour de DominiK, je suis enfin bien éveillée, prompte. EliaZ apporte des cafés sur un plateau d'argent finement ouvragé, avec un joli sucrier assorti. DominiK s'assoit face à moi :

— À l'époque où l'on se définissait encore par sa religion, j'aurais prôné celle de l'Iceberg. Cette image est triple. Par son froid glacial, l'iceberg traduit le caractère hostile et répulsif que me procure l'idée même d'une religion et de son prosélytisme monolithique. Mais aussi, l'iceberg évolue perpétuellement. Sous l'effet du vent, des courants marins et des températures, il s'adapte. J'aime à penser que tout concept évolue au cours du temps. Y compris la religion, qui ne devrait pas être sclérosée sur ses dogmes. Enfin, l'iceberg présente la particularité de ne montrer que le dixième de ce qui le constitue, masquant sa complexité. Sa petite fraction émergée suggère que le visible, tout notre environnement, serait en réalité plus complexe qu'il n'y paraît.

— Je ne comprends pas très bien. Quel est le rapport entre l'expérience que je viens de vivre et la religion ? Je n'ai pas vu de dieu ou une quelconque puissance divine cette nuit. J'ai plongé au cœur de la compréhension de l'agencement de la matière, de la logique commune à toutes les disciplines et de l'esprit. Je me sentais plus sereine et confiante que jamais, en communion avec le monde et l'univers. À présent encore, je me sens plus forte, confiante. Vous aviez raison, cette expérience est ineffable, il faut la vivre pour comprendre.

— As-tu vu ou pressenti d'éventuels évènements présents ou à venir ?

— L'intemporalité du présent était évidente, mais vous voulez savoir si j'ai eu des visions ?

— L'expérience que tu viens de vivre s'apparente à ce que ressentaient les moines bouddhistes lors de leurs méditations. Il a fallu des siècles pour que les effets de la méditation soient sérieusement étudiés. Pourtant, le pouvoir de l'esprit est reconnu depuis longtemps dans l'effet placebo, l'hypnose ou la psychanalyse. Grâce à la méditation, les moines parvenaient à contrôler leur corps et leur esprit ainsi que leur rapport au monde. Ils développaient une quiétude profonde, indépendante des circonstances extérieures. À ne pas confondre avec la recherche incessante des plaisirs des sens. N'as-tu pas eu, toi aussi, le sentiment d'accéder à une dimension qui te dépasse, où l'univers à chaque moment de son existence et de son évolution est orchestré par une logique harmonieuse ? N'as-tu pas développé la faculté de voir à distance, d'anticiper le futur intrinsèquement lié à chaque action ? Les circuits neuronaux que tu viens d'activer ont été sélectionnés par l'évolution pour nous permettre d'apaiser nos angoisses. Et ils ont nourri les religions, celles du verbe, de l'amour et du faire. Ce qui m'importe aujourd'hui est de savoir comment ton génome, si particulier, a pu transcender cet état.

— Vous semblez dire que le propre de l'Homme résiderait dans sa faculté de perception du moment présent qui lui permettrait d'appréhender, de voir l'avenir ?

— Le raccourci est sévère, mais la question importante. Il me semble que pour pleinement vivre sa vie, il faut s'affranchir du temps.

— Mais pourquoi ne pas simplement vous ajouter les gènes qui semblent tant vous manquer ?

— Impossible. Ces gènes ont des expressions précoces au cours du développement humain. Ils doivent être présents dès le plus jeune âge d'un individu afin de permettre la mise en place des circuits neuronaux spécifiques. Mais rassure-toi, je me suis déjà ajouté quelques copies d'un gène codant pour la télomérase par exemple. C'est une enzyme qui permet de conserver la longueur des chromosomes au cours des divisions cellulaires. Ainsi, l'emprise du temps est ralentie sur moi. Mon espérance de vie est donc de deux-cent-cinquante ans. AlicE, s'il te plaît, dis-moi si cette communion avec le monde t'a affranchie du temps, dans une certaine mesure tout du moins ?

*
* *

DominiK m'agace. Je n'ai pas envie de partager ce que je viens de vivre. Les femtoprocesseurs de mon cerveau ont de toute façon déjà dû remplir leur fonction. Je ne veux rien lui dire, rien lui devoir, ni même avoir la sensation d'appartenir à son projet, à l'univers dont il n'a de cesse de tirer les ficelles. Cette situation m'insupporte.

Le plus étrange est l'intime impression d'avoir déjà vécu cette situation. Le sol glisse sous mes pieds, mes certitudes s'évanouissent installant une confusion entre réalité et souvenirs rêvés. Il faut que je me ressaisisse, sinon ces sables mouvants auront raison de moi. Je ne veux plus être instrumentée par DominiK. Inattendue, une violente colère déferle en moi et me stupéfie. À ce moment précis, la pièce s'obscurcit subitement. Les bords de mon champ de vision, puis la totalité de ma vue deviennent noirs, telle une feuille de papier qui brûlerait des bords vers son centre.

Je me réveille !

Reprenant doucement conscience, immobile, je constate que je suis dans une sphère de relaxation. Calme et détendue, musculairement parlant, je suis ébranlée par la brutalité et le réalisme de mes souvenirs. Une voix vient me chuchoter tendrement à l'oreille. Je la reconnaîtrais entre mille, c'est celle de NorandrA :

— Alors AlicE, c'était bien ce rêve lucide ?

Devant mon air perplexe et probablement abasourdi, NorandrA insiste :

— Tu avais promis que si je t'offrais ce rêve en cadeau d'anniversaire, tu me raconterais tout...

14

Brain Machine Interface

De retour à l'appartement, NorandrA m'assaille de questions sur mon expérience de rêve lucide. Elle m'étouffe par cet intérêt disproportionné.

— Ça n'était pas vraiment un rêve lucide, je finis par lâcher. Normalement, j'aurais dû être consciente d'être entrain de rêver pour contrôler non seulement mes actions, mais surtout le contenu du rêve. Or, ça n'était pas du tout le cas, je suis carrément déçue.

— Raconte-moi tout de même... J'en faisais partie ?

— C'était un rêve étonnamment long et réaliste, vraiment poignant. Mais c'était bizarre. Nous avions convenu de faire une demande d'enfant. Tu te rends compte ?

— Non, tu veux rire. Si jeunes ?

— N'importe quoi je te dis ce rêve. Mais, mon anniversaire est en juin. Pourquoi n'ai-je fait ce rêve que maintenant ?

— Tu ne te souviens plus ? Tu exagères ! Tu étais si indécise que tu ne t'es finalement décidée pour ce cadeau que fin juillet ! Ensuite, avec les vacances et l'attente, il n'y a absolument rien d'étonnant à ce que tu n'aies pu le faire que maintenant.

J'observe minutieusement l'agencement et la décoration de l'appartement. Bizarre. J'aurais juré que la grosse lampe rouge du salon était dans l'appartement de nos clones et que nous avions un modèle plus discret et orange. J'ai mal à la tête. Comment ai-je pu à ce point associer le rêve à la réalité ?

Dissimulant mon malaise à NorandrA, je m'enferme dans ma chambre le temps d'une petite sieste.

*

* *

— Bonjour AlicE, il est huit heures. Tu viens de battre un record : celui de ta nuit la plus longue avec quinze heures de sommeil consécutives. Toutes mes félicitations. NorandrA est très inquiète, tu devrais aller la rassurer, me conseille DomO. Sinon, les informations de ce matin sont excellentes. Aujourd'hui, mardi 25 octobre, marquera la fin de l'été indien. Après un début de journée relativement ensoleillé, la grisaille et la fraîcheur s'imposeront, avec un risque de précipitations avoisinant les 30 %. Les températures, en chute, ne dépasseront pas les douze degrés. Je te souhaite un bon réveil AlicE, ainsi qu'une excellente journée.

Mardi, nous sommes mardi. J'ai du mal à remettre les évènements en place. C'est vrai qu'hier, j'ai posé une journée pour aller à la sphère de relaxation vivre ce fameux rêve lucide. Je déplorais d'être la dernière à en faire l'expérience. J'y étais allée, malgré ma faible motivation. Mais pourquoi avoir choisi d'y aller un lundi ? C'est le jour de la semaine le plus important, le jour de la répartition des tâches. J'aurais tout aussi bien pu y aller un week-end ou un soir...

Contrariée, je me prépare un petit-déjeuner copieux. Avoir sauté le dîner hier soir est probablement responsable de mon appétit débordant. Le toaster expulse mes tartines lorsque NorandrA fait irruption. Elle m'inonde de ses considérations futiles, de commentaires définitifs et d'observations décalées. Heureusement, son air enjoué ne semble pas, à mon grand soulagement, requérir ma participation à son soliloque. Mais plongeant brusquement ses yeux clairs dans les miens, son visage s'assombrit :

— Tu te rends compte que tu as dormi plus de quinze heures cette nuit !

— Je devais en avoir besoin.

— C'est curieux. Je ne me souviens pas avoir dormi plus longtemps que d'habitude après mes rêves lucides. Pourtant, j'en ai déjà fait quatre. As-tu encore rêvé cette nuit !

— NorandrA, s'il te plaît, arrête de me harceler avec toutes tes questions. Va en faire un cinquième si ça te passionne à ce point. Mais tu sais, si j'ai autant dormi cette nuit, c'est que j'ai mal à la tête en ce moment. Dès que cela s'estompera et dès que tu ne me poseras plus de questions à ce sujet, promis, je te raconterai.

Résignée, NorandrA m'apporte un cachet d'ibuprofène. Le petit-déjeuner peut enfin se dérouler calmement.

*

* *

Comme d'habitude en arrivant au CUP, je prends mon cappuccino. J'y remarque un homme discret, que j'avais déjà vu discuter avec DenniS, du moins me semble-t-il. Il consulte son i-*Me* en buvant son café. À tout hasard, j'amorce la conversation :

— Bonjour, seriez-vous un collègue de DenniS ?

— Bonjour Mademoiselle. Je suis arrivé récemment dans ce service et ne pense pas encore avoir rencontré de... DenniS vous dites ?

— Oui, DenniS. Il me semble pourtant vous avoir déjà vus boire un café ensemble, plusieurs fois même.

— Ah ? C'est curieux ! Je suis désolé, mais je ne vois vraiment pas de qui vous voulez parler.

Rompant avec la confusion naissante, SaraH apparaît soudainement, l'air enchanté :

— Bonjour AlicE. Alors, vous avez bien profité de votre journée hier ?

— Hum... Comment dire, c'était intense et surprenant. Je ne m'attendais pas du tout à ce genre d'expérience. Mais vous, comment vous êtes-vous débrouillés sans moi ?

— Très bien ! Avec toutes les instructions que vous nous aviez laissées, il aurait été difficile d'en être autrement. Mais on peut refaire le point rapidement, c'est ce qui était prévu.

— J'arrive tout de suite en salle de réunion.

SaraH anime le débriefing avec entrain et assurance, alternant badinage et autorité. Elle a pris beaucoup d'assurance ces derniers temps. Pourtant, je n'arrive pas à me concentrer sur ses propos.

L'irréalité de DenniS m'anéantit. Pourtant, son collègue avec qui j'ai fréquemment vu DenniS prendre un café est réel. Comment puis-je confondre à ce point rêve et réalité. Mais surtout pourquoi mes capacités mnésiques d'ordinaire robustes me font-elles défaut aujourd'hui ? En plus, j'ai l'étrange impression que mes souvenirs du rêve lucide s'effilochent. Pourtant ces rêves sont réputés pour marquer durablement l'expérimentateur. Pourquoi suis-je donc victime d'une telle labilité ?

CassandrA.

Je me remémore fréquemment le nom de CassandrA. Il s'impose entre mes pensées, comme s'il ne fallait pas l'oublier. Mais je ne connais pas de CassandrA. Pourquoi ce prénom me revient-il sans cesse en mémoire ? « Timeo Danaos et dona ferentes », ont rapporté les Troyens. Serait-elle mon cheval de Troie ?

De retour à mon bureau, je consulte mon i-*Me* à la recherche d'indices sur CassandrA. Dans mes archives de séjour, je trouve un ancien concept que j'avais soumis à XalieR il y a quatre ans : *les prédictions de CassandrE*. Je m'en souviens très bien à présent. J'avais adoré ce projet. Nostalgiquement, j'en regarde les grandes lignes.

Je proposais aux vacanciers l'apprentissage des arts divinatoires : tarot, astrologie, boule de cristal et hypnose étaient au programme. J'avais mis l'accent sur l'insensibilisation à la douleur par l'hypnose, qualité utilisée par de nombreux chirurgiens jusqu'à la découverte du chloroforme, puis dont la pratique était redevenue courante au XXIIe siècle. J'avais connu un grand succès avec ce séjour et j'en reste encore fière aujourd'hui.

Alertée par mon i-*Me*, je constate que je viens de recevoir une invitation à dîner dimanche soir chez MamidY. Enfin, il s'agit plutôt d'une réquisition. Sa fin étant proche, elle ne tolère plus qu'on la délaisse et souhaite profiter au maximum de notre présence.

Paralysée par le trouble que provoque ce message, j'ai de plus en plus de difficulté à faire la part des choses entre mes souvenirs du rêve lucide et la réalité. Je flotte dans l'indétermination.

Une demi-heure s'écoule.

J'ai l'impression de développer une psychose. Je présente bien les trois signes précurseurs de la confusion mentale : la céphalée, qui m'oppresse depuis ce matin, l'asthénie, qui serait responsable de ma nuit record et enfin l'irritabilité, provoquée par l'inquisition de NorandrA. Heureusement, MamidY est toujours vivante, voyons le bon côté des choses. Mais tout de même, pourquoi le collègue de DenniS ne se souvient-il plus de lui ?

DenniS n'aurait-il vraiment jamais existé ?

Profondément troublée, je me rends à l'infirmerie, où un homme à l'air étrangement familier me reçoit. Comprenant rapidement que l'origine de mes maux découlerait de mon expérience de rêve lucide, il me recommande de retourner aujourd'hui même au centre de relaxation, où des spécialistes pourront mieux m'y soigner :

— Ne vous inquiétez pas. Prenez un aéropropulseur et rendez-vous au centre de relaxation pour quatorze heures. Je vais les appeler. Ils sont experts pour traiter les rares effets secondaires dont vous souffrez. Détendez-vous, c'est le mieux à faire en attendant. Et n'hésitez pas à revenir me voir. Mais je parie que cela sera pour un autre problème, car celui-ci sera rapidement résolu.

Me détendre… Il est gentil. J'ai l'impression que si je lâche prise, je vais définitivement perdre le fil des évènements. Mais je n'ai pas le choix, il faut que cette migraine cesse.

*
* *

En route vers le centre, je reçois un appel de NorandrA :

— Mon i-*Me* m'indique que tu quittes le CUP. Tout va bien ?

— Oui, ne t'inquiète pas. C'est juste ton ibuprofène qui ne fait pas effet. Apparemment, je souffre d'effets secondaires du rêve lucide. Je vais au centre de relaxation pour qu'ils arrangent ça.

J'entends NorandrA soupirer lourdement, avant

ajouter :

— Je n'aurais pas dû t'offrir ce rêve.

— Arrête, ce n'est pas la fin du monde, une migraine. Dans une heure, ça sera de l'histoire ancienne. Je te rappelle dès que je ressors.

J'ai du mal à la rassurer, tant son empathie m'exaspère. Avant tout, j'ai besoin d'espace et de calme pour me concentrer et non de me détendre.

Au centre de relaxation, je suis étonnée d'être reçue non par une, mais deux personnes. Un homme, très élancé, et une femme au regard sombre m'attendent dans le hall. Tous deux semblent âgés. Ils doivent vraiment être experts, ce n'est pas bon pour mon cas.

— Bonjour AlicE, dit l'homme pour m'accueillir. Le CUP nous a prévenus de ton arrivée. Ma collègue, EvA, et moi-même, AdrieN, allons résoudre tous tes problèmes, ne t'inquiète pas. Allons dans mon bureau, nous y serons plus à l'aise.

Avant de prendre place dans l'un des trois imposants fauteuils qui me sont proposés, j'observe la somptueuse bibliothèque qui nous entoure. J'aime cette ambiance savante où l'étendue des connaissances semble infinie. Émerveillée devant tous ces ouvrages aux reliures en cuir de différentes couleurs, je ne peux résister à la tentation :

— Je peux prendre un livre ?

— Bien sûr, m'encourage fièrement EvA en m'en tendant un. As-tu déjà lu ou feuilleté un livre ?

— Non, encore jamais.

— Attention en tournant les pages, les feuilles sont extrêmement fines et fragiles. Ce livre date du XXIIᵉ siècle. C'est l'un des plus anciens que nous ayons ici.

Après nous avoir servi trois cafés sur la petite table basse centrale, AdrieN nous invite à nous assoir :

— Voici vos cafés. AlicE, peux-tu nous décrire les symptômes dont tu souffres ? L'infirmier nous a déjà transmis ton dossier médical, mais tes symptômes ont-ils évolués ?

Dressant un portrait détaillé de ma migraine et de ma confusion mentale, j'insiste également sur ma profonde déception concernant leur prestation de rêve lucide. EvA et AdrieN semblent très attentifs. Le visage fermé, grave, ils m'observent longuement en s'échangeant ponctuellement de brefs regards furtifs.

EvA prononce alors son diagnostic :

— Tout d'abord, sache que nous sommes profondément désolés que ton expérience de rêve lucide ne se soit pas déroulée normalement. Tu pourras à tout moment, si tu le souhaites, revenir ici et nous t'offrirons une autre séance. Satisfaction garantie. Les effets secondaires aux rêves lucides sont rares, et dans ton cas, tu as dû rester trop accrochée à la réalité. Tu as puisé énormément d'éléments de ta vie réelle pour en tisser une nouvelle toile dans ton rêve, sans lâcher prise ni t'évader. Par exemple, l'appréhension que tu nourris vis-à-vis de la mort imminente de ton arrière-grand-mère, a cristallisé son décès brutal dans ton rêve. Ce DenniS, sur lequel tu t'accroches et qui pourtant n'existe pas, incarne les fantasmes les plus profonds de ton inconscient, révélant que ta colocation avec NorandrA n'a plus lieu d'être. Vous resterez toujours amies, mais il est temps pour vous deux de vivre séparément à présent. Le CUP va vous réattribuer de nouveaux colocataires dans les plus brefs délais. Ce changement vous sera salutaire à toutes les deux.

— Comment ça ? Mais vous n'avez pas le droit de nous imposer une séparation ! Ce n'est pas parce que nos relations sont un peu tendues en ce moment que je ne veux plus vivre avec elle, au contraire.

— Ne t'inquiète pas, tente de me rassurer AdrieN. Rien ne se passera sans votre accord à toutes deux. Nous mettons juste en place une médiation pour le moment. Cela n'engage à rien.

— En attendant, reprend EvA, nous te proposons une séance d'hypnose, qui t'aidera à faire la part entre évènements réels ou non.

— Et quels sont les effets secondaires de cette autre expérience ? je demande, rancunière.

— Avec l'hypnose, tu ne crains absolument rien, c'est juste un état modifié de conscience, où tu te laisses guider, à la différence du rêve lucide où c'est toi seule qui mènes le jeu. Nous allons simplement te parler pendant que tu restes assise ici, dans ce fauteuil, détendue. Nous n'avons ni besoin de sphère de relaxation ni besoin de t'injecter une quelconque substance. Cette technique est utilisée depuis la préhistoire. Des peintures rupestres montrent des chamanes guérisseurs pratiquer cet art. L'hypnose a déjà largement fait ses preuves. Ainsi, dans moins d'une heure tout sera redevenu comme avant. Plus de migraine ni de difficulté à discriminer le réel de l'imaginaire.

— Détends-toi, AlicE. Il faut que tu nous fasses confiance pour apaiser ta psychose, me conseille AdrieN.

— Nous allons commencer la séance d'hypnose, enchaîne EvA.

Subitement effrayée par cette précipitation inattendue, je me braque :

— J'ai besoin de faire une pause ! Excusez-moi, mais tout ça va trop vite. Puis-je revenir un peu plus tard dans la semaine pour cette séance ? Je ne m'attendais pas à ce que vous me proposiez ce genre de thérapie. J'aimerais d'abord laisser un peu reposer les évènements, et me faire à l'idée d'être hypnotisée, si vous n'y voyez pas d'inconvénients.

— Pourtant, le mieux est d'intervenir le plus tôt possible, insiste Éva. Tu ne vas pas rester avec une migraine pareille ?

— Je repasserai dans la semaine, je vous promets, ça ira.

Instinctivement et sans réellement comprendre mes motivations, je me lève. J'ai besoin de rentrer chez moi, de retrouver mes marques, mes repères et je quitte précipitamment le centre de relaxation.

J'appelle NorandrA de l'aéropropulseur. Je veux lui demander de rentrer tôt, pour lui parler de tout ce dont j'ai de plus en plus de peine à me souvenir.

— Tu veux enfin me raconter ton rêve ? me demande-t-elle abruptement, avant même que je puisse entamer la conversation.

Je tente l'impossible pour démêler mes souvenirs :

— NorandrA, je ne me souviens plus, qu'as-tu fait toi, pendant mon rêve lucide ?

— J'ai opté pour une simple séance de relaxation. Elle devait durer moins longtemps que ta séance, mais j'étais si détendue que je me suis endormie. Du coup, c'est à peine si j'ai eu le temps d'arriver pour être là à ton réveil.

— Et si je te parle d'un certain DenniS, tu vois à qui je fais référence ?

— DenniS ? Non, pas du tout. Pourquoi ?

Martelant mes tempes, ma migraine m'oblige à abandonner la conversation. Je ne comprends pas pourquoi tout le paracétamol que j'ingurgite ne fait aucun effet. Et puis le bruit sourd et continu de la pluie battante sur les vitres de l'aéropropulseur m'attriste. Ce gris mélancolique caractéristique de Paris va encore s'éterniser. Cet épais manteau nuageux filtre tellement les rayons du soleil qu'on croirait déjà être au crépuscule. L'hiver s'installe. Je n'aime pas cette saison.

*

*   *

C'est rare que je sois chez moi si tôt en semaine, seule et sans rien de prévu en plus. Je n'ai pas très envie d'aller nager. Pourtant, le soir après une bonne journée de travail, je monte souvent à la piscine, au dernier étage de l'immeuble. Nager me détend. Ayant remarqué que plus je me prends la tête pour me souvenir de quoi que ce soit, plus mon mal de crâne empire, je décide finalement de végéter sous un i-*Movie*. Tout le monde ne parle que d'*Évasion* en ce moment. Un film très esthétique d'après RachellE, qui ne devrait pas surmener mes neurones.

NorandrA rentre peu avant la fin. Elle passe rapidement la tête par la porte de ma chambre, et demande à DomO de la prévenir de la fin du film. À peine le générique commencé que NorandrA fait brutalement irruption dans ma chambre, bondit à genou sur mon lit, et se laisse retomber sur le dos, un sourire illuminant son visage.

— J'ai une surprise pour toi ce soir : je viens de réserver une table à la Chenille bleue. Tu connais ?

— Non. Je devrais ?

— Bah, tout de même. C'est un restaurant super original et réputé pour sa qualité. Ils ne servent que du bleu. Tu vas adorer.

— Mais il pleut des cordes ! Tu as vraiment envie de sortir ?

— Allez, s'il te plaît…

— Bon, je me change et j'arrive.

Sans prêter garde à ce que mon dressing me propose, je dépose les vêtements sur mon lit et commence par enfiler mes bas. L'extrémité de mon pied gauche me gêne. Agacée, je réajuste mon bas. En vain. Je le retire alors délicatement et trouve une lentille de contact adhérant au nylon. Elle semble encore en bon état. Mais c'est étrange car je n'en porte que très rarement. Comment est-elle arrivée là ?

Intriguée, je la nettoie et la dépose sur mon œil. Un magnifique ciel étoilé s'offre alors à moi.

Je me souviens !

Le cadeau de DenniS, les Paris, mes clones... Et surtout DominiK. C'est lui qui tente d'occulter mes souvenirs. J'ai mal. J'ai donc raison ! Mon crâne va exploser tant la douleur est intense, brutale et pulsatile à présent. Serrant ma tête entre mes mains, je pousse un long hurlement, et lui enjoins :

— C'est raté ! Je n'oublierai jamais. Arrête !

Alarmée par mes cris, NorandrA se précipite vers moi.

— Qu'est-ce qu'il ce passe ? J'appelle les secours.

— Non, attends. Dis-moi juste si vraiment, tu ne te souviens ni de Dennis, ni des autres Paris ou encore de nos clones ?

— Quoi ? Mais de quoi tu parles ? Pourquoi hurles-tu ? Qu'est-ce qui ne va pas ?

Folle de rage, je termine non sans mal de m'habiller et me précipite dehors. DenniS n'habite pas loin, il faut que j'aille chez lui. Il faut qu'il se souvienne.

Combattant une nausée qui vient à présent s'ajouter à ma migraine, je cours sous la pluie, le plus vite possible. Il fait nuit et je n'y vois rien. Le sol est glissant et j'ai froid. Pourquoi n'ai-je pas pensé à prendre mon hydrorépulsif ? Je n'aurais eu qu'à le clipper à mon coup, et toutes ces gouttes d'eau ruissèleraient loin de moi.

Masquée par les intempéries, je me fais surprendre par un aéropropulseur qui vient se poser juste devant moi. C'est CassandrA. À peine a-t-elle posé un pied-à-terre, qu'elle m'enjoint d'une voix sévère :

— AlicE, tu ne peux pas lutter seule contre tout le système. Viens avec moi, tu as gagné. Ta place est au siège du CUP à présent.

Puisant dans mes dernières ressources, je m'enfuis en courant, sans prendre la peine de lui répondre. Je me fraye un passage à travers les passants, ahuris par cette agitation exceptionnelle. J'en bouscule un et en renverse même un autre en accélérant plus encore. La pluie diluvienne redouble de force. L'appartement de Dennis n'est plus très loin, au 22, rue du 22-Mai-2258. Heureusement que DenniS répétait souvent son adresse, ça l'amusait. Elle est ancrée à jamais dans ma mémoire.

J'arrive en titubant et à bout de souffle au pied de son immeuble. Je n'ai presque plus la force de lutter contre l'inquisition de DominiK. Il faut que DenniS soit chez lui. M'accrochant désespérément à cette idée, je tambourine de toutes mes forces à sa porte.

Il ouvre.

Certainement surpris de découvrir une inconnue, trempée et hors d'haleine sur son palier, il reste de marbre. Je le fixe droit dans les yeux. À bout de forces, dans un brouillard de larmes et submergée d'une nausée indicible, je m'accroche à un ultime espoir :

— C'est moi, AlicE. Tu me reconnais ?

Se frottant la tempe droite, DenniS fronce péniblement les sourcils. Il respire profondément, quand j'aperçois comme un éclair de lucidité dans son regard. Mais soudain, nos corps se mettent à trembler. Une déflagration d'une puissance phénoménale transperce mon cerveau et sous le joug de la douleur, je tombe à terre.

DominiK vient de lâcher prise.

Je suis enfin libre.

Je redresse lentement la tête. J'ai du mal à bouger tant tout mon corps est endolori. À mes côtés, DenniS reste prostré :

— Alors… Alors c'est toi…

— On ne m'oublie pas si facilement tu sais.

Enfin, je n'ai plus de doutes sur la frontière entre le réel et l'imaginaire. Le CUP ne me contrôle plus. Nous l'avons vaincu. Pour la première fois de mon existence, je vais pouvoir être moi-même !

ÉPILOGUE

Par Serge Herr

AlicE était née un 4 juin, tout comme son aïeule Alice, avec un e minuscule, ce qui lui avait valu son prénom. La commémoration de ce tricentenaire devait permettre à AlicE d'hériter des remarquables qualités de sa prédécessrice. C'est qu'Alice fut une illustre biologiste du développement et de la reproduction, dont les capacités d'observation ainsi que les fines analyses synthétiques marquèrent l'Histoire…

*

* *

Le jour où Alice commença sa nouvelle carrière au Comité Scientifique pour la Pacification, le CSP, elle était toute excitée. Cette institution récente était convoitée par tous les chercheurs, autant pour l'excellence de ses moyens humains et techniques que pour sa mission universelle.

Elle le méritait. Ses récents travaux sur la fertilité avaient eu un écho retentissant. Le sujet était sensible. Depuis une cinquantaine d'années, l'écroulement de la natalité avait bouleversé l'ordre du Monde. L'insémination artificielle n'avait rien résolu, le nombre de donneurs fertiles était en chute libre et la qualité des gamètes en pleine déliquescence. La population vieillissait à vue d'œil. La rareté de la jeunesse précipitait la sénescence des aînés. Le genre féminin manifestait une frustration hystérique qui bouleversait les rapports sociaux depuis la cellule familiale jusqu'à l'organisation du travail. Avec son équipe de biologistes, Alice avait réussi à mettre en évidence des dysfonctionnements des réparations SOS de l'ADN, couplées à des méthylations anarchiques de nombreuses hormones, ainsi que de leurs récepteurs. Ses recherches conclurent à un défaut de coordination entre les sécrétions hormonales de l'hypothalamus, l'hypophyse et l'épiphyse. L'hypophyse n'obéissait plus que de manière intermittente et aléatoire à l'hypothalamus et l'épiphyse anticipait les dysfonctionnements de l'hypothalamus. Quand les productions hormonales entraient en résonance, pulsant à une fréquence propre à chacun, les interactions résultantes étaient fatales pour la testostérone et les œstrogènes. Les ovocytes atteints de dysgueusie ne pouvaient alors plus accueillir les spermatozoïdes psychédéliques.

Alice ne parvint pas à élucider les causes de ces phénomènes transitoires aux répercussions drastiques, mais elle suggéra une piste : un conflit de hiérarchie, d'autorité ou de cohérence. Sa publication intitulée « The great revolt of the 4 Y » fit le tour de la planète. Elle aurait à coup sûr reçu un Nobel si ce n'était le fou qui avait fait sauter le roi. Quelque vingt années auparavant, un arrière-petit-cousin du norvégien Breivik, qui se présenta comme le dernier des Vikings, avait fait sauter l'Académie Royale des Sciences de Stockholm en pleine remise des prix. Le roi de Suède, une trentaine d'ambassadeurs et de ministres, une centaine de scientifiques de renommée internationale, des people, des journalistes et la valetaille de service avaient été nobélisés par une puissante charge de TNT. La majeure partie des réserves de la Fondation fut absorbée dans l'indemnisation des familles, des employeurs, des états… Tous les profiteurs se ruèrent, car la Fondation n'était pas assurée. Les prix Nobel avaient vécu.

Le CSP, était né en 2250, deux ans après l'abolition des frontières entre les pays. L'extinction des ressources naturelles, les bouleversements climatiques de la planète, la pénurie généralisée d'eau, l'impuissance des pouvoirs régionaux face à d'innombrables nations à l'autonomisation croissante avaient eu raison des états qui ne géraient plus rien, sinon leur propre appareil. Une recomposition éthique, culturelle et linguistique, s'était imposée. La solidarité entre les nouvelles nations s'était proposée comme contrepartie à une régulation assumée de la consommation individuelle et collective. Il fallait des modérateurs, des facilitateurs et des coordonnateurs dans l'économie, la santé, l'énergie, l'éducation et l'urbanisation. Le CSP avait la responsabilité d'apporter une réponse scientifique aux nombreux défis à relever.

Alice entra dans l'œuf. Tous les centres du CSP sur Terre avaient une forme d'œuf. Pigeon, autruche, poule, caille, tortue ou dinosaure, tout était bon. Le sien c'était un œuf de Pâques, couleur chocolat noir. Elle adorait déjà. Alice était excitée, mais aussi un peu anxieuse. Elle avait la garantie de pouvoir mener ses recherches comme elle l'entendait, avec tous les moyens nécessaires, mais elle mesurait la responsabilité qui pesait sur ses épaules. À trente-six ans, elle était l'une des plus jeunes directrices de recherche du CSP. Alice était issue du monde de la recherche fondamentale et peu familière d'une politique de résultats. Les enjeux de la dénatalité lui vaudraient sûrement des pressions de toute nature.

« Bonjour Alice » lui lança l'hôtesse à son arrivée, comme si elles se connaissaient déjà. « Je suis chargée de vous conduire en salle de réunion ». Dans le hall, un homme, jeune, en fauteuil roulant, les attendait : « Bonjour

Alice » fit-il aussi. « Je suis Jeff, directeur du centre, en charge de vous apporter toute l'aide nécessaire à votre intégration. Entrez, nous avons rendez-vous ». La H-room était semblable à toutes les salles de réunion : un grand plateau chapeauté par une légère structure métallique supportant toute l'électronique nécessaire à une réunion virtuelle.

À leur entrée, des hologrammes 3D jaillirent des faisceaux de lumière. *Primus inter pares*, Monsieur U-le bien-nommé, directeur général du CSP apparut le premier. Ce Birman illustre, professeur émérite de pataphysique était reconnu par toute la communauté scientifique. Après vingt ans de recherche, il avait défini le champ des paradigmes lumineux, un sous-ensemble discriminant des Lois qui régissent les exceptions. Il souhaita la bienvenue à Alice, puis lui présenta un à un chaque membre du comité directeur. Elle en connaissait quelques-uns. Le professeur Lorenzi D., célèbre biologiste qui avait, entre autres, démontré l'irréversibilité de la non-fonctionnalité de la terminaison du chromosome Y. *Pauvre con, pensa Alice, parle pour tes gènes.* Le mathématicien Mahayali, compositeur de musique sur les premiers nombres, un anthropologue aborigène qui ne rêvait que de voyages, une physicienne lambda des quanta, un chimiste sous chimio, bref, une vingtaine de pontes qui avaient tous œuvré à trouver des intervalles dans leurs spécialités. Plus un, un personnage étrange, blanc comme la craie, avec des cheveux verts, toujours en mouvements lents, une danse invisible et inéluctable, silencieuse et charismatique : quand il s'interrompit, U se tut et le tohu-bohu débuta. Un flot de questions fusa, baroques et insolentes, qui n'attendaient pas les réponses. Une vraie cour de récréation. Alice était interloquée, autant par le spectacle que par l'inanité des questions. Le danseur se mut à nouveau et le vacarme cessa. Alice prit la parole :

— Je vous remercie pour votre accueil et suis très honorée de l'attention que vous me portez. Je suis biologiste, rationnelle et ouverte d'esprit, mais je ne suis pas sûre d'être en mesure de répondre à toutes vos questions. Néanmoins, j'en retiendrai deux :

Les anges ont-ils un sexe ?

Qui a été créé en premier, l'œuf ou la poule ?

Je les associerai toutes les deux. Elles constituent le paradoxe du messager. L'ange est le messager, dans les différentes traditions des religions du Livre. Le messager, c'est celui qui modifie la situation, quel que soit le message.

Le messager précède donc le message. D'un point de vue génétique, on peut utiliser cette image pour décrire un œuf, d'une certaine espèce, dont le génome aurait muté pour donner naissance à une poule. Cependant, le philosophe nous fait observer que tout ce qui s'engendre naît de quelque chose et en vue de quelque chose, une cause finale.

Ainsi donc, chronologiquement, la matière et la génération sont nécessairement antérieures, mais logiquement, c'est l'essence et l'idée de chaque être qui précèdent la mutation.

— Alice, entonna U, brusquement solennel. Voulez-vous suggérer par là qu'il y aurait matière à orienter vos recherches sur un autre terrain que la biochimie ?

— Quelque chose a basculé au début du millénaire. C'est vers cette époque qu'est apparu le syndrome, en Europe, au Danemark en particulier. Il faudrait compléter la génétique par d'autres études. Je sais que notre nouvelle charte scientifique interdit de stigmatiser telle ou telle population. Depuis que la science a montré que l'épidémie de sida n'est pas apparue en Centrafrique à l'issue de la copulation d'un singe et d'un humain, nous nous interdisons les études spécifiques sur une ethnie particulière ou sur des échantillons humains caractérisés, mais là…

— Eh bien, complétez Alice, complétez ! Vous avez carte blanche, vous le savez, mais informez-nous de l'avancement de vos travaux par votre parrain. Qui choisissez-vous dans notre assemblée pour vous accompagner ?

Alice était embarrassée. Elle aurait bien aimé le danseur.

— Il me semble que vous ne m'avez pas présenté tout le monde, fit-elle timidement.

À son tour, U parut gêné.

— Vous voulez parler de Joker ? Voilà qui est original, comme votre projet de recherche. Et bien soit, rien ne s'y oppose. Après tout, comme Joker est le reflet de toutes nos imperfections, vous devrez faire le miroir. Bonne chance, Alice, et à bientôt.

Joker lui fit une révérence élégante et tout le monde disparut. Jeff l'emmena dans un vaste bureau, tout équipé en matériel de traitements cybernétiques.

— Vous voici chez vous, dit Jeff en s'effaçant devant Alice. Dès que vous aurez besoin d'équipements spécifiques, de collaborateurs ou de quoi que ce soit, prévenez-moi.

Alice s'amusa beaucoup de la découverte de ses outils

flambant neufs. Quand elle eut fini d'en faire le tour, elle commença à s'attaquer aux banques de données. À vrai dire, elle ne savait pas vraiment par où commencer. Sa passion pour la science l'avait jusque-là trop accaparée pour lui laisser le temps d'approfondir d'autres domaines. Sa culture historique et danoise en particulier se résumait à quelques clichés sur les Vikings, des barbares qui buvaient de l'hydromel dans les crânes de leurs victimes et semaient la terreur dans toute l'Europe du Nord sur leurs drôles de drakkars. Des guerriers pillards et des marins vaillants.

Elle retroussa lentement ses manches sur ses avant-bras, qu'elle avait très gracieux, et se mit au travail. Un mois après, elle envoya une note à Joker.

Rapport d'étape :

« En fait, les Danois d'origine n'existent pas, pas de marqueur ethnique indigène, juste des Scandinaves qui ont migré et peuplé la péninsule trois mille ans avant notre Nouveau Monde. À défaut de matériel génétique spécifique, restent l'Histoire et leurs mythes, et plus généralement ceux des peuplades scandinaves. Je me suis imprégnée de l'Edda, leur référence, les quarante-cinq feuillets du Codex Regius, l'ancienne Edda poétique de Saemund le Savant, ainsi que les sept manuscrits de la jeune Edda, l'Edda en prose de Snorri Suturluson, rédigée vers 1220. Les sources paraissent fiables, quoiqu'incomplètes et largement apocryphes. L'Edda donne une bonne vision des croyances de l'époque. Ces textes décrivent neuf mondes, traversés par l'arbre originel, un frêne. Ils mettent en scène un monde peuplé de dieux mortels, de rois, de géants, de nains, de créatures fantastiques et d'hommes qui passaient leur temps à se venger et à se livrer à des guerres pour récupérer un trésor. L'apport le plus original de cette mythologie est une nouveauté introduite dans les codes moraux en vigueur à l'époque. Ces peuples avaient inventé le « prix du sang », ils étaient les premiers à oser donner une valeur marchande à la vie. Un progrès sur la loi du Talion, « œil pour œil, dent pour dent », le code d'Hammourabi importé par la grande migration des peuples aryens depuis les steppes d'Asie jusqu'aux océans du ponant. Dans l'Edda, on pouvait racheter sa faute, un dieu trucidé par erreur, en versant un tas d'or, plus un anneau maléfique. Ultime perfidie, le ver était dans le fruit. Mais quelle fertilité dans leurs luttes ! Le mythe était riche, il suinta de la Baltique à la mer du Nord, des Frises au Mecklembourg, puis la Germanie s'en empara. Elle adora le prix du sang, qu'elle nomma le « Wehrgeld ». À chaque homme son prix, selon sa condition. Charlemagne en fit la base de son droit pénal. L'ordre social était assis sur l'usage de l'argent et faisait fonction de moralité. Le droit civil pouvait suivre et le commerce était protégé. Pour ces peuples, tout se payait, tout s'achetait. La porte était ouverte à la dérive des pouvoirs. Progressivement, les seigneurs accaparèrent à leur profit l'intégralité de la transaction, le Wehrgeld. Ils s'affirmèrent comme partie lésée par le délit et imposèrent au condamné l'obligation de leur payer, à eux, la transaction entière, qui se transforma ainsi en amende ou en peine publique perçues par la justice.

Rome contint leur expansion. Mais vers le Ve siècle, les Romains refluent, d'abord de la grande île de Bretagne. C'est à cette période que commencent les migrations des peuples jouxtant la base de la presqu'île danoise, les Angles et les Saxons. Aidés par les Vikings, ils partent à la conquête de la grande île. Ils y établissent de nouvelles colonies. La christianisation venue du sud n'entrava pas cette énergie : Vikings et Anglo-Saxons s'en accommodèrent, puisque pour trente deniers on pouvait trahir. « Tu aimeras ton prochain comme toi-même » glissa dans les portefeuilles de reconnaissances de dettes. À leur crédit, les Indulgences du Vatican permettaient le remboursement. Les grandes villes marchandes de la Baltique se liguèrent pour défendre leurs intérêts. La Ligue hanséatique fortifia ses ports, quadrilla l'arrière-pays, recruta ses milices, arma ses troupes. Elle essaima son modèle par des comptoirs. Son territoire s'étendit de Londres à Novgorod, de Bordeaux à Bergen. L'empire mercantile anglo-saxon avec ses valeurs et ses moyens avait installé ses bases, organisé son emprise.

Les rudes Vikings mal dégrossis devinrent encombrants puis inutiles ; ils disparurent. À l'aube de la Renaissance italienne, à l'est, Venise veillait. Elle contrôla Byzance et ferma la porte d'orient. Le sous-continent européen macéra avec ses nouveaux codes pendant cinq siècles et poursuivit son expansion vers l'ouest.

Le romantisme des XVIIIe et XIXe siècles célébra les racines mythologiques, Wotan (Odin) y trouva son compte. Mais l'hydre est insatiable, elle se nourrit de la soif d'intérêts toujours plus puissants, du panthéon de serviteurs avides encore plus nombreux et installés dorénavant jusqu'aux Amériques. La monnaie est bohème, elle se vend au plus cupide. L'avatar du thaler se nomma dollar dorénavant. Le nouveau dieu avait ses serviteurs. Des armées d'ingénieux ingénieurs intéressés y développaient des moyens prodigieux pour multiplier leurs intérêts. Ils appelaient ce cancer social « le rêve américain ». La trame des drames du XXe et du XXIe siècles était tissée.

Alice accompagna sa note d'un commentaire : « Voilà où j'en suis actuellement. Je ne sais pas encore comment faire le lien entre le psychisme dégénéré de cette civilisation et ses répercussions génétiques, mais j'ai l'intuition de tenir le bon bout de la pelote. Des mécanismes psychophysiologiques sont à l'œuvre ».

Joker lui répondit par un message vocal, d'une petite voix douce, angélique :

— Quelle terrible histoire vous nous racontez ! J'espère que vous ne serez pas trop surprise par vos conclusions. Bon courage pour les épreuves que vous traverserez.

Alice ne fut pas déçue du message. Elle cherchait à résoudre une énigme compliquée, elle n'aurait pas supporté un commentaire banal. Elle nota cependant que Joker se jouait du temps, il se situait déjà après. Ça lui rappelait l'histoire du Juif errant à qui on demande s'il vient de loin. L'homme répond alors : « Loin de quoi ? »

Loin de l'horreur, s'il vous plaît, très loin, le plus loin possible.

Elle se plongea dans les guerres du XX⁰ siècle. Juste trois cents ans auparavant, rien à l'échelle de l'Histoire, et pourtant… Que les temps avaient changé depuis ! Elle connaissait les deux guerres mondiales nées en Europe, mais elle découvrit les guerres du Japon en Chine, celles du Vietnam, la guerre entre l'Irak et l'Iran. Elle fut prise de vertige en totalisant les victimes, alignant sur des tableaux les dizaines de millions de morts, les dizaines de millions de blessés, d'estropiés, de mutilés, les centaines de millions d'hommes, de femmes, d'enfants abasourdis, terrorisés, traumatisés. Elle parcourut lentement les banques d'images. Des files interminables de soldats se tenant par l'épaule, brûlés par des gaz au visage et aux yeux, des femmes qui épluchaient des lambeaux de chair irradiée par une bombe atomique, cette fillette qui court devant un nuage de napalm qui la rattrape, cet enfant à la béquille trop grande qui sourit malgré sa jambe arrachée par une mine antipersonnel. Tout ça pour rien, pour revenir au point de départ, et recommencer encore, à revendiquer des intérêts sur des nappes de pétrole, d'eau, des minerais, de la main-d'œuvre et planter son drapeau, afficher l'arrogance de son dieu plus dieu que celui du voisin, son idéal pur, sa race pure, sa vérité vraie, universelle, en tout cas incontournable, irréductible et indestructible. Y'a qu'à voir. Écœurée, elle zappa les massacres internes, Arménie, Chine, Nigeria, Cambodge, Rwanda, Amazonie, Somalie…

Alice était consternée par tant de folie destructrice, elle espérait qu'au moins, ses ancêtres à elle n'avaient pas été aveugles ou complices de ce dérèglement, *tiens, ça me rappelle quelque chose*, parce qu'à l'évidence, la Terre entière participait à cette inconscience caractérisée. Que disaient les sociologues, la presse, les politiques de cette époque ? Alice fouilla dans les archives.

Chaque peuple était fier de son armée, de ses missiles, de ses uniformes, de son potentiel de destruction. Les défilés militaires bénéficiaient d'une belle audience, la presse nationale saluait fièrement le tir du nouveau missile qui pouvait frapper encore plus loin, les parlements (!) votaient des budgets toujours plus importants. Au début du XXIe siècle, ils dépensaient 2 000 milliards de thalers, pardon, de dollars chaque année pour leurs armées, alors que 2 milliards de pauvres vivaient avec moins de 2 dollars par jour. L'équilibre de la terreur terrorisait d'abord les plus pauvres. La grosse classe moyenne des petits bourgeois avait démissionné. Sa faiblesse, hypocrite et historique, nourrissait le marché des complexes militaro-industriels qui légitimaient des dirigeants fantoches, marionnettes impuissantes. Paralysées par des enjeux sociaux et économiques, les élites produisaient des schémas stérilisés par l'illusion, celle du confort provisoire d'une clientèle d'ayants droit fascinée par des faisceaux de mythes de contrefaçon. Parachutistes… Mais aussi publicistes.

En fait, Alice aimait bien ce mot, cette civilisation terrorisait la dignité, celle que chaque individu veut pouvoir exprimer librement en la fécondant. La République étouffait la démocratie, les indignés étaient soumis à la raison d'État. *Oui, mais l'hypophyse là-dedans, est-ce bien raisonnable ?*

Alice ne croyait pas vraiment à la théorie de la contamination par les armes chimiques enfouies dans la Baltique. Suite à sa publication sur les 4Y, certains scientifiques, dont Lorenzi, avaient émis l'hypothèse que les énormes stocks d'armes chimiques (on parlait d'un million de tonnes) immergés par les Allemands après la Première Guerre mondiale avaient commencé à polluer l'environnement des Danois. Mais aucune de leurs recherches sur le dyphénylcyanosine, le dyphénychlorasine, le fulminate de mercure, le nitrotoluène, l'ypérite ou l'acide picrique n'avait permis de rétablir les méthylations appropriées de l'ADN, excessives sur certains gènes ou inversement trop rares sur d'autres. Restait un doute encore, personne n'avait apparemment essayé le très dangereux chloroformiate de méthylchlore. Alice voulut lever le doute.

Jeff réquisitionna l'ancien laboratoire d'Alice et obtint une lignée de souris sauvages. Ce ne fut pas si facile, les expériences sur les animaux vivants étaient proscrites depuis cinquante ans. Pour le chloroformiate de méthylchlore, l'autorisation du Grand Chambellan des Conserves de l'Histoire en personne fut nécessaire pour accéder aux seuls échantillons disponibles. Enfin, tout fut prêt.

Alice travailla seule, elle préférait. La biologiste était

une expérimentatrice hors pair. Elle réalisa des injections chroniques de chloroformiate de méthylchlore à un premier lot de six souris. Après trois semaines, en trois coups de scalpel, elle dégagea le cerveau de chacune des petites souris. Elle marqua tous les récepteurs hormonaux activés en moins de deux minutes. L'atlas cérébral était établi. Elle avait choisi de se concentrer sur les effets de la mélatonine, la sérotonine, l'hormone libérant de la gonadotropine, de l'hormone folliculo-stimulante et de la thyréostimuline. Mais aucune différence par rapport aux souris contrôles n'était observable. Rien non plus au niveau des méthylations de l'ADN. Elle renouvela l'expérience en doublant les doses de chloroformiate de méthylchlore. C'est ainsi qu'elle engendra une nouvelle isoforme mutine de S-adenosylmethionine - une mutation d'une enzyme impliquée dans les réactions de méthylations - et des taux hormonaux aberrants. Mais les doses nécessaires de chloroformiate de méthylchlore pour devenir mutagène excluaient qu'il puisse être à l'origine du bouleversement démographique de la planète, même sur des siècles.

*

* *

Fatiguée et soulagée, Alice retourna dans son bureau. Son intuition ne l'avait pas trompée, il fallait chercher autrement, retourner à l'étude des comportements sociopathologiques de cette civilisation. Il y avait peut-être quelque chose d'instructif dans le processus dégénératif.

Les grandes guerres du XXe siècle dégénérèrent au siècle suivant en une multitude de petites guerres, à l'instar des massacres internes du siècle précédent. Le phénomène n'était pas nouveau, les « petites et moyennes » guerres avaient toujours existé. La différence résidait dans la férocité, assaillants et assaillis étaient désormais également et lourdement équipés. La sauvagerie réapparut. Un groupement inconnu pouvait se lancer sans prévenir dans des agressions avec des bombes sales, des bombes de pauvres, car les pauvres se rebellèrent. Et ils étaient nombreux avec l'explosion démographique qui affecta l'est et le sud de la planète. La pression était forte entre les communautés et les rapports avec le nord et l'ouest tendus. La ligue du nord et de l'ouest s'appelait désormais NATO dans la langue du dollar. Elle ne tirait plus sa richesse du commerce ni de l'industrie, elle vivait du vent. NATO avait quand même gardé ses usines d'armement qui exportaient le matériel nécessaire à la guerre chez les autres. Pour le reste, NATO vendait essentiellement du service, des concepts, des idées, des études, des plans, des images. NATO créait du désir et en vivait largement. *Deus ex machina*, elle avait juste négligé une des quatre nobles vérités, le désir engendre la souffrance. *La cytosine ne suffit donc pas à l'hypothalamus ?* Chez NATO, on imaginait le travail pendant mille huit cents heures par an. À l'est et au sud, où NATO avait sous-traité ses fabriques, on travaillait ses quatre ou cinq mille heures. Le jour et la nuit. *Tiens, voilà l'épiphyse.*

Et il en fallait des fabriques pour nourrir tout le monde, surtout en Asie où se concentrait plus de la moitié de la population terrestre. Et il en fallait du rêve américain pour faire tenir la mystification. La technologie de NATO se montra à la hauteur. Avec le vent, elle créa des bulles, comme les papes, des bulles informatiques, des bulles financières, des bulles immobilières, des bulles boursières, même des bulles de CO_2 en papier. Les réservoirs à bulles, les « think tanks », arrosaient la planète de bulles qui fleurissaient en dollars. NATO créa du dollar avec du dollar, beaucoup de dollars. De l'argent facile, sans matière première. Une idée, un réseau, un buzz, et hop, une société avec un capital à cent milliards de dollars. Un besoin de trésorerie, et hop, une dette à perpétuité. Ils confièrent cet argent à des machines qui géraient les zéros bien mieux qu'un bon père de famille, les ordinateurs n'ont pas de faiblesse d'âme. Si d'aventure un orage frappait une bulle, un think tank rajoutait quelques zéros aux autres bulles, que le vent pousse une bulle de zéros dans la mauvaise direction, hop, les ordinateurs corrigeaient au-to-ma-ti-que-ment la trajectoire.

NATO transforma l'illusion du confort en bonheur virtuel. Chaque membre de la ligue était shooté au zéro, réclamait son droit au zéro, sa bulle… Jusqu'à ce que…, mais Alice connaissait la suite, c'était déjà de l'histoire moderne pour elle.

Voilà donc comment l'humanité a dérapé, pensa Alice perplexe.

Agressivité, arrogance, avidité,

Accumulation, gaspillage, futilité,

Déni de solidarité, perte de repère, fuite en avant.

Tout ce désordre des consciences, ruminé pendant deux mille ans, partagé par la majorité de l'espèce et multiplié par 10^{10} individus, ça laisse des traces quand même ! L'inconscience, la subordination, la soumission, l'aveuglement, la docilité, l'illusion, la passivité, la lâcheté, le renoncement, l'égoïsme, le cynisme, la pusillanimité, la jalousie, l'intransigeance, le sectarisme, l'indifférence, tous ces comportements ont des répercussions sur le métabolisme et même sur le génome. De nombreuses études, certes parcellaires, mais sérieuses l'attestaient. Comment s'étonner alors d'un dysfonctionnement majeur dans les procédés de reproduction d'une espèce qui a éliminé tous ses prédateurs ? Le problème était littéralement bio-logique avec lui-même, le système s'autorégulait. Et Alice n'y pouvait rien. La réponse relevait de la morale personnelle, de l'éthique sociale. Bref, elle était sociale et politique.

Elle rassembla ses notes et expédia une synthèse à Joker, avec comme seul commentaire une citation d'Henri Queuille, un homme politique du XXᵉ siècle, corrézien françois et architecte de la Sécurité sociale :

« Il n'est pas de problème qu'une absence de solution ne finisse par résoudre ».

Elle se lava les mains et rentra dans son loft.

*

* *

Le lendemain matin, au réveil, après son traditionnel jus d'orange, Alice alluma son écran : « Vous avez deux nouveaux messages, Alice ».

Le premier provenait de U, un laconique « Félicitations, Alice », et comportait un dossier joint. Intriguée, elle l'ouvrit fébrilement. Un livre d'une centaine de pages. En couverture :

Pathologie sociale et pathologie hormonale

Docteure Alice Herr

Éditions du CSP

En page trois, un remerciement : « En hommage à Joker, qui m'a apporté un soutien efficace et constant tout au long de mon étude ».

L'introduction reprenait ses travaux sur les 4Y. Suivaient

trois chapitres :

> 1 — De l'hypothalamus, ou comment le comportement humain peut modifier sa physiologie.

> 2 — De l'hypophyse, ou comment la dignité négocie avec nos hormones.

> 3 — De l'épiphyse, ou comment gérer l'harmonie dans la cohérence de la lignée humaine.

Elle sauta directement à la conclusion, à l'épilogue. Elle renvoyait à la définition de l'éthique et se terminait par sa citation de Queuille.

Joli coup, sacré Joker. Alice en était toute pantoise. Elle en aurait presque oublié le deuxième message, celui du laboratoire d'analyses médicales à qui elle avait confié son sang après ses expérimentations dangereuses, pour vérifier si tout allait bien.

Confiante, elle ouvrit le message : « Félicitations Alice, vous êtes enceinte ! »

C'était le dimanche 22 mars 2353, à midi. Dehors, une volée de cloches salua le rendez-vous. Alice était heureuse.

Remerciements

Je tiens tout d'abord à remercier mon entourage de s'être armé de patience. Isabelle, Christelle, Pauline, Florence, Céline, Michaëlle, Véro et Magali. Je sais que cette gestation fut longue.

Je remercie chaleureusement mes premiers lecteurs, à qui j'ai osé faire lire les épreuves originelles de ce roman. Je pense particulièrement à David, Christine, Véro et Frank, dont l'indulgence des critiques fut constructive et encourageante. Merci également à Nathalie, Mona et Alex et David pour leur rigueur grammaticale ainsi que leurs fines perceptions des versions plus abouties. Merci à Noëlle pour Photoshop. Merci à Emeric, un bon médecin trouve toujours l'antidote. Merci à Félix et Clément d'être des passionnés et pro de la typologie ainsi que de la syntaxe.

Un très grand merci à mon frère, Yannick, constructeur du site internet d'AlicE.

Surtout, je remercie mon père, Serge Herr, qui m'a montré l'exemple et accompagnée au cours de ce long travail d'écriture. Auteur de l'épilogue, il a su retranscrire mon message tout en réalisant un pont temporel entre le passé (notre présent) et les années 2660, en centrant son intrigue sur l'arrière-grand-mère d'AlicE.

Merci à tous ceux qui ont nourri mon imaginaire… et à ma mère, qui n'a jamais apprécié *Alice aux pays des merveilles.*

Table des matières